集英社オレンジ文庫

宝石商リチャード氏の謎鑑定

邂逅の珊瑚《サーンウー》

辻村七子

本書は書き下ろしです。

CONTENTS

CHARACTER

中《なか》田《た》正《せい》義《ぎ》

東京都出身。大学卒業後、アルバイトをしていた縁で宝石商の見習いに。名の通り、まっすぐだが妙なところで迂闊な〝正義の味方〟。

リチャード・ラナシンハ・ドヴルピアン

日本人以上に流麗な日本語を操る英国人の敏腕宝石商。誰もが啞然とするレベルの性別を超えた絶世の美人。甘いものに目がない。

イラスト／雪広うたこ

宝石商リチャード氏の謎鑑定

邂逅の珊瑚《サーンウー》

彼女の名前はデボラといった。

無論、名前を愛称で呼ぶのはアッパー・クラスらしからぬ作法である。由緒《ゆいしょ》正しい家柄の出の、大学の学友たちは、そのような階級意識などおくびにも出さず、しかし誰のことも愛称で呼ぶことはなく生活していたが、彼女はてらいなく私を愛称で呼んだ。リッキー。それは私を呼ぶ、従兄《いとこ》の声とよく似ていた。親しみ深く、あたたかい。デビーと呼んでもいいかと尋《たず》ねると、許可はいらないと彼女は言った。その言葉の潔《いさぎよ》い美しさに私は惚《ほ》れ惚《ぼ》れとした。

あの時のことを、美しい思い出として慈《いつく》しむには、もうしばらく時間が必要になるだろう。

何度も蘇《よみがえ》るのは、テムズ川に映った観覧車の像ばかりだ。君の知っているジェフはもういないんだ。遠くへ行っちゃって、もう帰ってこないってさ。

何かをあまりにも深く愛すると、自分と対象との輪郭《りんかく》線がわからなくなってしまうことがある。

あの時の私は二つの愛を同時に失い、それはまるで、自分の体の半分以上が、勝手な細胞死を遂げてしまったようなものだった。何故《なぜ》まだ自分が生きているのか、全く理解できなかった。

何もかもが壊れ、逃げるようにやってきた山間《やまあい》の宝石の街で、私は祖母のことばかり考えていた。

どうして美しいものは悲しいのか。

幼い日の祖母への問いかけを、私は何度も思い返した。今ならばあの時の自分の言葉に答えてやれるであろう確信があった。

結局のところ、全てのものは、あるべきところへ還《かえ》ってゆくのだ。

そして彼女たちの『あるべきところ』は、私のいる場所ではなかった。

手の届かなくなってしまったものほど、美しく見えるものはない。それはどれほど見つめても振り向かない後ろ姿に似ている。

祖母と話がしたかった。彼女が二度とは戻れなかったこの街にやってきたと、既《すで》に亡き人であった彼女に伝えたかった。何か言ってほしかった。本当におまえは馬鹿《ばか》な子だねと、全ての教科で満点をとったと何でもないことのように告げた時のように言ってほしかった。

幻影の後ろ姿はいつまでも美しく、虚《うつ》ろである。

だが何より虚ろなのは、幻影に囚われ続けている私自身だ。

破天荒な師を得て、宝石の世界に身を投じたあとも、私の本質は変わっていなかった。ここではないどこかで何かが私を救ってくれるのを待っていた。それはまるで満月の夜に卵を託《たく》し、海原に吹雪を描きだす珊瑚《さんご》にも似た、意思を伴わない渇望《かつぼう》だった。幼児のようだと祖母であれば笑うかもしれない。

であればこそ、スリランカと同じく、かつては英国であったあの都市で、私は彼をあれほどまでに傷つけてしまったのだろう。

プロローグ

八月二十二日
スリランカのイギーです。無事です。
しばらく更新できなくなると思いますが、心配ありません。

八月二十三日
イギーです。

更新が短すぎて、ご心配をおかけしたようで申し訳ありません。

コメント欄にたくさん、たくさんリプライをいただき、驚きました。

こんなにたくさんの人が読んでいてくださったんですね。

ワールドニュースでご存じの方も多いかもしれませんが、現在スリランカでは戒厳令が発令され、キャンディなどの一部都市では夜間外出禁止令が出ています。

原因はキャンディで発生した、商店の焼き討ち事件です。

死者は三名。怪我人も数名と報道されています。

軍隊の出動以降、大規模な暴動は起こっていません。

青天の霹靂《へきれき》、という心境です。

自分が住んでいたのはこんなことが起こる国じゃない、何かの間違いだろうという気持ちが、まだ胸にうずまいています。俺がスリランカで出会った人たちは、みんなお金持ちではなくても、温和で優しくて、日々を豊かに過ごしていたのに。

裏を返せば、この国にやってきて半年たらずの人間が、一体何をわかったつもりでいたのかという話なのですが。

今の思いが、まだうまく言葉になりません。

次の更新は未定です。申し訳ありません。

諸事情でしばらくスリランカを離れます。

私信
Ｓへ
本当に大丈夫だから心配するな。しばらくバタバタするけどまた電話する。

Nさんへ
ご心配をおかけしています。読んでくださっているのは知りませんでした。連絡します。
Jさん
ご心配をおかけします。大丈夫です。今度はお土産《みやげ》を買っていきます。
Tさん
本当にびっくりしました。ありがとう、嬉《うれ》しいです。連絡します。
今回の件で、一つだけ面白かったのは、こっそり書いていると思っていたこのブログが、俺の周囲の人たちの基本情報くらいのノリで共有されていたことでした。みんなひどいよ。おかげで少し気持ちが落ち着きました。いつもありがとう。
Rへ
電話する。寝てたらごめん。
でも、読んでるなら言ってくれよ！　恥ずかしいだろ！

一カ国目　日本

この国は、こんなに暑い土地だったろうか。

八月まで俺が滞在していたスリランカは熱帯である。ジャングルがあり海に色鮮やかな魚が泳ぎ象《ぞう》もいる。暑いのが当たり前だ。だがスリランカも、こんなに暑くなかった。絶対にだ。湿度が違うのだ。飛行機を降りた瞬間に、シャツに空気がまとわりついてくるような気がしたのは、錯覚ではなかったらしい。

九月の日本。東京。スーツケースを転がし、バックパックを背負って、空港駅のホームに降りた時、俺は息をのんだ。

「うわっ………」

思わず声が出てしまう。

すーっとホームに滑り込んでくる電車は、壁面にも内装にもこれといった汚れがない。夜になっても落書きに来る人間がいない場所で管理されているのだろう。腰かけている人たちは皆一様に無言で、自分のスマホを覗《のぞ》き込んでいる。そうだ。そういうものだ。電車の中ではそういうふうに振る舞うのがスタンダードだ。

荷物を抱えて電車に乗り込み、切符を確認して指定席に腰かける。京成《けいせい》スカイライナー。車内アナウンスを聞かなくても、俺はこの先、電車が何という名前の駅を通過して、東京へ向かうのか知っている。

窓ガラスごしに眺める駅のホームの風景に、俺の顔がまじりこんでいる。呆《ほう》けた顔だ。懐かしさの洪水で死にそうだ。

今この瞬間まで、懐かしいという言葉の本当の意味を知らなかった気がする。目の前になにげなく現れた電車や人や広告が、全く馴染《なじ》みのないものではないという感覚。そのあたりの環境を綿密に観察しなくても、それなりの情報を取得できて、外国人に「これは何ですか」と質問されたら一言ふたこと説明できる程度は理解できる感覚。自動販売機に並んだジュースの味の違いが、ラベルを見るだけでありありとわかる感覚。

これが日本だ。

これが俺が生まれ育ってきた国だ。

故国を離れた出稼ぎ労働者が、久々に母国に帰ってきた時にも、きっとこういう気持ちになるのだろう。無言でため息を量産している間に、電車は音もなくホームを滑り出した。田園風景と鉄塔。巨大なひらがなの書かれた看板。ビニールハウス。自転車に乗って走ってゆく学生。その全てに馴染みがある。すれ違う電車の内装が乗らなくてもわかる。初めての感覚だ。

ひとしきりテンションが上がりきると、張り詰めていた糸が切れたように、どっと背中に疲れが押し寄せてくる。十四時間のフライトになってしまった。時刻は午後の五時だが、俺の頭はまだ朝だと主張している。さすがに強行軍をしすぎたかもしれない。

帰ってきてしまった。

はっきりとした予定があったわけではないものの、公務員試験の出願直前頃までは、スリランカに滞在しようと思っていたのに、予定よりも随分《ずいぶん》早く。

俺が逗留《とうりゅう》していた街で、商店の焼き討ち事件。死者まで出た。

原因は宗教対立だというが、ニュースの内容が難しくなりすぎると俺には理解できなくて、つまりどういうことなのかまだよくわかっていない。クリスマスケーキもお釈迦《しゃか》さまのお茶もハラル・カレーも全部おいしいのだから、対立なんてないにこしたことはないだろうに、何故《なぜ》そんなことになる。センシティブな話題なので駄目もとだったが、近所の人にも質問してみたところ、みんな曖昧《あいまい》な顔をするばかりだった。

事件のあった日、俺のスマホは鳴りっぱなしだった。ひろみと中田《なかた》さん、シャウルさん、ジェフリーはもちろん、スリランカに行くということしか伝えなかったレベルの大学の友人たちからも続々とメールが届く。当然リチャードからも。みんなひどく心配してくれていた。

シャウルさんが住まわせてくれた家には、直接の被害はなかったが、銃声は聞こえたし黒い煙は臭った。窓は開けられない。買い物に出るのも怖くて、近所のスーパーに行くのはやめ、その日は備蓄のカップラーメンで過ごした。

東南アジアでの滞在が長い中田さんは、こういうことはそう珍しいことではないと励ましてくれた。どの国にも複雑な事情があるからと。だからといって決して油断せず、怪しい人たちには近づかず、帰ってきなさいと。

シャウルさんも電話で俺に同じことを言った。ほとんど選択肢はなかった。

飼ったばかりの犬、ジローは、近所の人に預けてきた。二人の子どもがいる、ビリヤニを分けてくれた家族で、帰国することになったと俺が告げたら、快《こころよ》く預かってくれた。いくらか心づけも渡してある。

もともと近場の犬だったし、食べない動物を飼うという意識が希薄なお土地柄である。ひょっとしたら次にあの家を訪れる時には、すっかり野良《のら》に戻っているかもしれない。

そもそもいつ戻れるのか。

中田さんとひろみとは、ネット回線のテレビ電話で、もうかなり長い話をした。これからの俺の身の振り方の相談だ。ただブレなかったのは、俺のしたいようにすればいいという彼らの方針だ。なんべん頭を地面に擦《こす》りつければいいのかわからないような言葉をたくさんもらった。ひろみも前に見た時より、少しふっくらしていた気がする。もう夜勤はしていないそうだし、家に中田さんがいるのならば元気も出るだろう。

俺のしたいように。

スカイライナーは四十分ほどで日暮里《にっぽり》に到着した。荷物を引いて京浜《けいひん》東北線に乗り換える。銀のボディに青いラインの入ったお馴染みの電車だ。向かうは新橋《しんばし》である。

中田さんとひろみには、今夜帰宅した時に会える。だがスリランカにわざわざメールをくれた大学の仲間から、『お前が帰ってくるタイミングに合わせてみんなで会おうって話をしている』という連絡が入った。宴会のダシである。公務員になったやつもいればならなかったやつもいるし、浪人して勉強中のやつもいるというから、俺には貴重な話を聞かせてもらうチャンスだろう。

まだ揺れている。

日本の役人というポジションが、どれほど魅力的な仕事なのか、スリランカから眺めるとこれまで以上によくわかった。

だが本当にその仕事が、俺に務まるのかどうか、自信がない。

外務省が時々募集しているという、語学特化型の助《すけ》っ人《と》みたいな人員であれば、ひょっとしたら俺のような役人向きとは言い難いメンタリティの人間でもいれてくれるかもしれないが、そうそううまくいくものとも思えない。でも頑張ればイケるかもしれない。やる気だけはある。

だが、そうはならなかった場合、どうするのか。

シャウルさんの店で、宝石商になるのか。

なれるのだろうか？　俺に？

こっちはもう、向いているいないの世界ではない。毎日毎日石を眺める生活に、飽かず倦《う》まず驀進《まいしん》してゆけるかどうか、それだけの話だ。俺は石が好きだ。日々詳しくなってゆくのにも充実感がある。できれば資格も取得したい。だが十年後、二十年後、宝石商になって働いている自分が、まだ想像できない。リチャードのような人間になるのだろうか？

『リチャードのような人間』が果たしてこの世界に存在するのかというところから怪しい。仕事の実態を知った現在は、職業そのもののイメージのなさに起因する不安は、スリランカに渡航した当初より薄くなったが、今は別の不安がある。

世界を飛び回る仕事は、何が起こるかわからない。

突然の焼き討ち事件だってあるのだ。家族に心配をかけるだろう。

リチャードはこのあたりのことをどう割りきっているのだろう。イギリスの家を飛び出した経緯を考えれば、知ったことかという思いだったのだろうが、今は？　今はどうなのだろう。あいつも悩んだりするのだろうか。

豪華客船での一件以来、あいつの家のまわりはまた忙《せわ》しなくなっている。電話で話をさせてほしいが、ちゃんと寝ているのかどうかもわからない相手にしょっちゅう連絡をするのも気が引ける。もう少し様子を見てからにしよう。

たった数分の遅れを何度も何度も謝るアナウンスを聞きながら、俺は何事もなく新橋駅に到着した。サラリーマンが多い。多すぎるほどだ。そして俺が以前この場所を通った時よりも、明らかに外国からの観光客とわかる人々の姿が増えていて、道行くサラリーマンたちのうち、誰もそのことに違和感はない様子だ。半ズボンの白人観光客はロシア語を喋《しゃべ》っているし、頭にスカーフを巻いた女の子たちはインドネシアの人だろう。それが巨大な機関車の車輪のある風景と普通にまじり合っている光景に、俺は若干《じゃっかん》、めまいを覚えた。

ここは俺の生まれ育った国、であるはずなのだが。

写真や絵画でもあるまいに、いつまでも同じものなんてあるはずがない。外国人観光客が増えて、インバウンド消費がうなぎのぼりという報道は、日本のニュースサイトを覗《のぞ》いていれば海外でも何度も目に入っていた。だが実感を持ってその光景を眺めるのは、これが初めてだ。

待ち合わせの時間までまだしばらくある。

スマホを眺めるくらいならパーセルに包んで置いてきた石を眺めていたいのにと、ぼんやり遠くを見ていると、うろうろしている観光客と目が合った。女の子の二人連れで、片方はインド風の顔立ち、もう片方はすらりとしたフランス風だった。おそろいのピンク色のスーツケースには、いろいろな国の国旗のシールが貼られている。ニュージーランド、中国、日本も。彼女たちが訪れた国の印だろうか。

困った顔で近づいてきたのは、インド風のほうだった。二十歳《はたち》くらいだろうか。エクスキューズミーという声に、何故か安心する自分がいる。奇妙だ。ここはキャンディ駅前ではなく、新橋駅前なのに。

無人運転の電車に乗りたいんですと、彼女は言った。

すごくいい夜景があるって聞いたのでと。夜景。ふうむ。

ちょっと待ってくださいねと言って、俺はスマホを取り出した。スリランカで使っていた、ＳＩＭの入れ替え式のものをまだ使っているので、検索エンジンが英語である。日本語キーボードに切り替えて、周辺の夜景、無人運転、と検索すると、ある程度の目星はついた。ゆりかもめという電車が近くを通っているらしい。俺の乗ったことがない乗り物が日本にはたくさんある。臨海工業地帯の脇をすり抜ける電車で、夜景は映画のロケでも有名なほど見事だそうだ。表示された画像は、なるほど海辺の未来都市のように見事である。知らない国の風景のようだ。

遠くから声が聞こえてきたのはその時だった。

「中田……？　中田だ！　お前また人助けしてるのかよ！」

「相変わらずだなあ。うわ、日焼けしてる」

「久しぶり。ごめん、もうちょっと時間くれ」

同じゼミだった野口《のぐち》と外山《とやま》。野口は俺にメールをくれた幹事役だ。この二人なら少しくらい待たせても許してくれると思う。ほんと、あとちょっとだから、とサインすると二人は何故か顔を見合わせて笑った。なんだろう。まあいいか。

今新橋駅にいて、ゆりかもめはそこの階段をのぼったところ、でもまだ暗くならないから、もう少しこのあたりで時間を潰したらどうかなと、俺は簡単に提案した。なるほど、という顔をして、インド風のほうが、フランス風のほうにフランス語で話しかける。あ、そういう感じなのか。ギアを切り替えてフランス語で話すと、二人の女性はぱっと華やかな顔をした。俺までつられて嬉《うれ》しくなる。

「モーリタニアから来たんです。知ってる？　アフリカよ」

「知ってますよ。セネガルの隣でしょう。日本人が一番食べているタコは、モーリタニアのタコなんです。知らなかったでしょ。回転寿司《ずし》のお店に入ったら、顔見知りのタコに会ってびっくりするかも」

女の子二人は面白そうな顔をして、互いの体を叩き合った。せっかくなので日が沈むまで、新橋のお寿司屋さんに行くという。ちょっと待ってほしい。さっきゆりかもめの検索をした時に、豊洲《とよす》の近くの駅があった気がする。沿線には日本有数の海産物マーケットがあるはずですと言うと、彼女たちはがぜん興味を示してくれた。そのあたりで、あっと言う野口の声が聞こえた。

「飯塚《いいづか》先輩。おつかれさまです。中田、飯塚先輩来たぞ。プリンストン帰りの」

「あれ、外国の人？　中田、俺かわるよ」

「ど、どうも」

　プリンストン帰りの飯塚先輩。誰だったっけ、思い出せない。プリンストンがアメリカのニュージャージー州にあることはわかる。でも彼女たちはフランス語なので、と言う前に、飯塚先輩は二人と握手し、流暢《りゅうちょう》なアメリカ英語で話し始めた。どうしたんですか、何かお困りですか。いやそのあたりの基本情報はもうわかっているので、俺に質問してくれたら済むのだが、先輩は俺をかばうように背中に回している。語学が苦手なのに無理に頑張っていたと思われたのかもしれない。どうしよう。ほんの数秒の間にそれだけの思考が駆け巡る。多すぎる。処理しなければならない情報が多すぎる。

　先輩の言葉にひとしきり付き合ってあげたあと、二人の女の子は揃《そろ》って、俺のほうを見た。

「この人何なの？」

　質問はフランス語だった。先輩はきょとんとしている。何なのと言われても。

「……アメリカから帰ってきた、俺と同じ学校の人です。頭のいい人なんですよ」

「あなただって頭がよさそうよ。フランス語の発音がとてもいいわ。長い間練習したんでしょう」

「え？　いえ、今年の夏からで……」

「嘘《うそ》でしょ。天才だわ」

「そ、それはないですね……」

「どうして自分を卑下《ひげ》するの？　一緒にごはんに行かない？　お寿司のことを教えて」

「すみません、日本に帰ってきたばかりで、これから友達と会う約束が」

「あら、海外から帰ってきたのね。どこに住んでたの？」

「スリランカに……」

「偶然。私の大叔母《おば》はスリランカ人よ。ジャフナで生まれたの」

「そうなんですね。えーと……」

「ＳＮＳは？　やってる？」

「あー……」

　これはもしかしなくてもナンパされているのかなと気づくまで、だいぶ時間がかかってしまった。後ろを見ると、背広やらカジュアルやら様々な格好の面々が、半ば呆《あき》れたような顔でこっちを見ている。待たせてしまっているようだ。

　最大限失礼にならないように、しかし可及的速やかに話をきりあげ、ゆりかもめ沿線のよさそうなお寿司屋さんを提案したあと、俺はグループに復帰した。八人。うち外山、野口を含む四人は見覚えがある。残りの四人は恐らく先輩だろう。会ったことがないか、俺が忘れてしまったのか、どっちだろう。飲み会の詳細メールをもっと熟読してくればよかった。時差ボケで頭が重い。

公務員志望者たちと、公務員の先輩方を囲む会。週末ではあるが、やや堅苦しい雰囲気がある集《つど》いだった。でもありがたい。海外では絶対に、こんな会合には出席できないのだから。

「お待たせして申し訳ありませんでした！　中田正義と申します。本日はよろしくお願いします。ええと……何て自己紹介したらいいのか……」

「いや、知ってるよ。一部で噂《うわさ》になってたもん、お前」

「え？」

胸をひゅっと冷たいものが駆け抜ける。噂。どんな噂だろう。学校に変な男がやってきたとか？　リチャードも中田さんも、俺にはそんな話はしなかった。俺にはだ。もしかしたらあのあとも、学校にはあの男がやってきたりしたのだろうか。落ち着け。もしそうであるとしても、それはもう過去のことだ。二年も昔のことだ。今ここにあいつがいるわけじゃない。

俺は笑いながら、ええ、と困った顔をしてみせた。こんな表情を作るのは久しぶりだ。

「う、噂って何ですか。やだなあ」

「なんか、語学の天才になってるって」

「世界を飛び回ってるんだろ。すげーなお前……」

「え？」

そんな噂は初耳だ。そもそもどこから出た話だろう。とにかく移動しようと言う飯塚先輩に従い、歩きながら、俺は野口たちから話を聞いた。

「俺と山中《やまなか》の浪人組で、時々飲み会してるんだよ。中田今何してるんだろうなって話題になった時、下村《しもむら》の話題も出てさ」

「ああ！　あいつ、今スペインで頑張ってるよ。八月にパリで会って話した」

「下村もそう言ってたよ。お前らさあ、いちいち場所がおしゃれすぎるだろ」

「おしゃれ？」

「パリとかスペインとか、卒業旅行継続中かよ。俺も旅行しながら試験勉強したいなあ」

「俺はパス。絶対集中できねえ。中田くらい頭がよければいいけど」

「はあ？　何言ってんだよ。俺そんなキャラじゃないだろ」

「お前、能ある鷹《たか》が爪を隠しすぎなんだよ。学部の時はよくいるのんびりタイプだと思ってたけどさ」

「後ろからモリモリ追い上げてきてゴボウ抜きしていくタイプだろ。こえーよ」

「ああ、ええ……？」

なんだか、変なことになっている。

どこに立っていればいいのかわからない感じだ。前は？　日本を離れる前はどうしていたんだっけ？　わからない。ねばりつくような夏の空気が重い。

ほとんど全部、ゼロから自分の立ち位置を築き上げて、割り込んでいかなければならなかった、ラトゥナプラの街では、考えもしなかったことだ。

予約の居酒屋の大テーブルで、とりあえずはみんなビールで乾杯したあと、それぞれの近況報告が始まった。浪人組はからりと明るく、模試の点数の話をし、先輩たちはハードな仕事の話を聞かせてくれる。人間関係がヤバいらしい。学閥《がくばつ》という言葉は知っていたが、国立ではなく私立というだけで何となく対応に差があるという話は初耳だ。でも表情に悲《ひ》愴《そう》さは全くなく、むしろ楽しそうだ。それでも何とかやっているぜという感じなのだろう。

飯塚先輩は、あまり喋らなかった。

最後の最後、満を持して、という感じで、俺の番がやってくる。何を話せばいいんだろう。俺の事情を知らない誰かから情報が漏《も》れて、また嫌な相手につきまとわれることが怖かったから、下村や谷本《たにもと》さん以外の相手には最低限のことしか伝えていない。学生時代のバイト先の人に雇ってもらって、海外でインターン。試験勉強も並行できるから、一年か二年で戻ってくるつもりだ――と。職種については話したかどうか。

「あー……えーと」

「いよっ、中田。同期の星」

「やめろよ。えー……ふらふらしてます、中田です」

「さっきの中田劇場すごかったぞ。英語じゃなかっただろ」

「モーリタニアの人だったから、フランス語で……」

「どこだよモーリタニアって」

「西部アフリカだよ。お前なあ、ＯＤＡのこと勉強しとけ」

「それはそれとして、お前、英語とフランス語と……あと何カ国語できるの？」

「いや、あとはシンハラ語と、スペイン語がちょっとだけだから」

「マルチリンガルじゃん。外務省入れよ」

「嘱託《しょくたく》でイケんじゃねえの」

「何でそんなことになったのか、先輩にもわかるように説明しろよ」

酒の勢いで暴露話をしろと言われているような気がする。全て正直に話すつもりはないが、宝石商の修行をしていることくらいは伝えてもいいかもしれない。

俺はできる限り簡潔に、リチャードが与えてくれた環境と、たび重なる無茶ぶりの『出張』と、公務員試験の勉強の継続について語った。自慢話に聞こえるだろう。知り合いがそれなりのお金持ちで、仕事を融通してくれて、海外旅行に行きながら勉強のできる素晴らしい環境を作ってくれたんだと、そういうふうに聞こえるだろう。何よりそれが真実だ。俺が一番わかっている。

仕事がハードで、言葉が通じないと仕事にならないから必死で習得していて、知っていると思うけれど最近は商店の焼き討ち事件があってと、俺が語っていると、居酒屋の面々は揃って眉根に皺《しわ》を刻んだ。

「商店の焼き討ち？　え？　どこで」

「キャンディっていう、スリランカの地方都市で、仏教寺院が有名で……」

「あー、なんか野口が言ってたな。それでお前が帰ってくるとか」

「それ、昨日のニュースでやってた？」

「ネットニュースでは流れてた気がする。でもテレビの報道はなかったと思うよ」

「ま、邦人に被害があったわけでもないしなあ」

それはそうだろう。でも日本には出稼ぎのスリランカ人がたくさん来ているはずだ。

そんなに期待していたわけでもないが、想像していたよりかなり小さい、自分が暮らしていた街の報道に、俺は若干のショックを受けた。テーブルに目を伏せる。多分それで話が終わったと思われたのだろう。まわりが騒がしくなる。

「すげーな、中田。ハードワークじゃん。ジュエリーのディーラーになるも、公務員になるも、選び放題だな。お前一次は受かってたわけだし」

「しかしその、上司？　好き者だなあ。お前の他にもそういう研修を受けてるやつがいるのか」

「……今のところ、そういう話は聞いてない」

「うわ、じゃあお前に抜けられたら会社は大打撃か。辞めるに辞められなくないか」

「そういう雰囲気の相手じゃないんだ。何ていうか、その……」

何と説明したらいい。リチャードと俺の関係を。プロヴァンスで友達だと言ってくれたのはとても嬉しかった。だがこんなに一方的にいい目を見させてくれる相手を、こんな場で友達と呼んでも納得してもらえないのは明白だ。どうしたらいい。

「な、なんていうか、俺のこと大事に考えてくれる相手なんだよな。はは」

このくらいが限界だろうか。

俺は再び、引きつりがちな笑いでごまかそうとしたが、駄目だった。恐ろしいほどテーブルがしんとしている。全員の眼差《まなざ》しが痛いほど、俺に突きささってくる。

「『大事に』って、甘えられる相手ってこと?」

「そこまでは言わないけど」

「じゃあ、相手がお前に甘えてる感じ?」

「……どうかな、そうだったらいいとは思うけど」

「え。『そうだったらいい』って何だよ」

「学部の時にも思ってたけど、お前ちょっと危ういぞ」

「どういう関係なの? えっこれ質問していいのか? センシティブな話になる?」

「いやいやいや!」

話題が変な方向に転がりかけている。以前にもこんなことがあった。あの時も俺の伝え方が悪くて、関係を邪推《じゃすい》されていた気がする。やはり今回も俺のせいだろう。でも、どう伝えればいい？　イギリスの貴族の末裔《まつえい》が俺のことを気にかけてくれていると、どう伝えれば誤解がないだろう。どう伝えても、俺が望んでいるほどはうまくいかない気がする。

答えに窮して冷や汗を浮かべていると。

「あのさあ」

ふと、今までは反応のなかった、テーブルの反対側から声が降ってきた。

飯塚先輩だ。ありがたい。海外留学経験のある先輩が、助け船を出してくれるのだろうか。

「話を聞いて思ったんだけど、中田とその上司の関係って、直截《ちょくさい》に言うと愛人だよな？」

は？

うん？

頭が硬直する。何を言っているんだろう、この人は。

ビールを飲み終わり、日本酒のグラスをくるくる回している飯塚先輩は、どこか憐《あわ》れむような顔で俺を見ていた。

「いや…………愛人では、ないと思いますね……」

これはペンですか？　いいえペンではありません、のような、たどたどしい日本語が居酒屋を行き交う。残りのメンバーは息をひそめている。ヘイそういうのはどうかと思うぞと、一人くらい言ってくれてもいいのに。何故黙っているんだ。冷や汗が出てくる。飯塚先輩はもう一口、がっと冷酒をあおった。隣の友達に止められていたが、無視している。

「雇用関係の基本はギブアンドテイクだろ。労働の対価として、雇用者は被雇用者に給与を支給するわけで、時給千円の仕事には、千円にふさわしい労働があるわけだ。でもお前の『職務』って、ほとんど自分磨きだろ。それってお前の雇い主が、お前の才能っていうか、お前自身に興味があるせいじゃないのか。何かそれは、すげー怖いと思うけどな。お前、その上司がお前に飽きたらどうすんの？　捨て犬みたいにならない？」

場の空気が凍《こお》っている。

だから、誰か、何か言ってくれたらいいのに。

これが英語だったらどうだろう。英語で喋る中田正義《せいぎ》と、日本語を喋る中田正義は、リアクションに違いがある。英語で喋る中田正義は、わりあいアクティブでアグレッシブで、思ったことをそのまま言ってしまう度合いが日本語の中田正義より高い。なあ今の言葉はどうかと思うよ、愛人なんて、そういう失礼な言葉は、よく知らない相手に投げかけるものじゃないだろう。あんただって誰かにそんなこと言われたくないだろ。俺、なんかあんたの気に障《さわ》ることとしたかな？　そういうことを言うだろう。もちろんタメ口で。そもそも英語には日本語ほど厳密な敬語の概念がないのだ。

だが日本語の中田正義は？

日本語の中田正義はどうするのが正解なんだ？

また途方に暮れるような時間がやってくる。まわりの視線が痛い。俺の手番なのだ。考えていても仕方ない。

俺はまた作り笑いを浮かべた。

「あー……どうなんですかね。考えたことがなかったな。いやあでも、俺もけっこう頑張ってますよ。無茶ぶりの出張とか、シンハラ語とか」

「こっちは毎日パワハラパワハラで、東大出身じゃないってだけで圧力かけられてるのに、豪華客船研修を『頑張ってる』とか、けっこう腹立つわ。ごめんな、ろくでもない先輩で。ただのひがみだわ。嫌なやつだよな、俺」

「そ、そんな。俺はその、何て言うか……」

「飯塚、元気出せよ。お前はよくやってるよ。マジでパワハラしんどいよな」

「先輩、来てくれて本当に嬉しいですよ」

「そうですよ。最近の話聞かせてください」

すねてしまった飯塚先輩を、みんなが慰撫《いぶ》している。俺が彼を許したので、彼の俺に対する侮辱《ぶじょく》の件は、なあなあになったらしい。嫌なやつかどうかという問題と、俺に謝罪するかどうかという問題は、厳密に考えると異なる事象だと思うのだが、日本人だったらこの場でそんなことは言わないかもしれない。言うとしてもまわりくどい言い回しを使わないとだめだろう。でも今の俺にはそういう言葉が思い浮かばない。おかわりは何を飲みますかと尋《たず》ねられた。本当のことを言うとビールは飲みたくない。キャンディの家に置き去りにしてきたジンジャービアのノンアルコールの甘味が恋しい。そこらじゅうで売っている、鉈《なた》で割って飲むココナッツでもいい。ジローはどうしているだろう。

「中田、大丈夫か？　あ、わかった。この店の味、安すぎるんだろ。居酒屋チェーンだし」

「安すぎるって何だよ。そんなことないよ。日本の味は久しぶりだし」

「うえ、死ぬまでに一度は俺もそういうこと言ってみたい」

「同感。ないとは思うけどさ。俺は中田じゃないし」

ははは、と笑った山中の後ろで、野口が気まずそうな顔をしている。だが俺と目を合わせようとはしない。

ああ。わかった。

誰もフォローしてくれなかったのは、空気を読んでいたからじゃない。

俺に対するうっすらとした悪意が、このメンバーの共通理解として存在するからだ。

今この場所での俺の『キャラ』は、外国帰りを鼻にかける、嫌なやつなのだろう。

心境的には、みんな俺より飯塚先輩に近いのかもしれない。

そうとわかれば話は早い。さっさと抜けるに限る。仕事の取引先の人から電話がかかってきたふりをして、俺は一度外に出て、シンハラ語でパントマイムのようなやりとりを繰り広げたあと、ごめんちょっととわざとらしい笑顔で断りをいれた。もうほとんど誰も俺のことを気にしていない。俺も気にしなければよかった。

　お先に失礼しますと笑って、俺はテーブルから離れた。勘定はどうしよう。ビール一杯分。少し迷ってから、レジの人に千円預けた。ねこばばされてしまってもまあいいと思うくらいの金額だ。でも、七割くらいの確率で、そういうことはないだろう。ここは日本だから。

　ここは日本だ。

　外に出ると七時半だった。さすがにもう日が暮れている。

　新橋は、銀座《ぎんざ》の目と鼻の先だ。

　考えるより先に、足が動き出していた。

　歩こう。銀座へ行こう。きらびやかさの中に、昔の情緒が同居している、俺の好きなあの場所に行こう。そんなに時間はかからない。牛丼店やローンや喫茶チェーンの看板を眺めながら、十五分も歩けばすぐそこだ。

　すぐそこに、俺のよく知っている世界がある。

　そう思っていたのだが。

「何だこれ……」

ギンザ シックス。ああ六丁目だからシックス、と静かに納得する。

近未来的なビルディングが、ユニクロのビルの前にそびえていた。俺はこんなビルは知らない。俺が銀座でお菓子の使い走りに奔走《ほんそう》していた頃には、この場所にあったのは銀座松坂屋《まつざかや》だった。でもそういえば、随分前から改装工事で建物に入れなくなっていた気がする。あれが完成したらしい。

よく知っている土地に――よく知っていると思っていた土地に、入ったことのないビルがある。

しばらく呼吸を整える時間が必要だった。

ほんのり覚悟を決めるような時間を経《へ》て、俺は元松坂屋の建物の中に入った。明るい。ハイブランドが軒《のき》を連ねている。完全に免税店の雰囲気だ。外国人の姿が多いが、日本人もいる。甘い香水がぷんと匂う。のぼりエスカレーターに乗ると、現代アートの作者による、巨大なオブジェが天井から吊られていた。

目的があるわけではない。ただ時間を潰したいだけだ。

とにかく上まで行ってみよう。マップには屋上庭園があると書かれていた。途中でエスカレーターが途切れて、どこへ行ったらいいんですかと尋ねると、何故か英語で「南エレベーターに乗ってください」と案内された。サンキューと返し、ユアウェルカムと言われた時、別に俺が相手に合わせる必要はなかったのになとぼんやり思いながら、エレベーターを降りる。

降りるとすぐに、庭だった。

いきなり公園に出てしまったように、視界が開ける。

市松模様の床のタイル。池のように見える流水。植え込み。

平面的な庭の向こうには、東京の夜景が輝いていた。

花のにおいがする。キャンディのスパイスガーデンのようだ。頭がおかしくなる。時差ボケもあるのだろう。

流水の音を聞きながら、俺はベンチに腰掛け、電話をかけた。情けないと思うより、自分の異変が気になってしまう。どうしたらいいのかわからない。こういう時には連絡しろと、耳が痛くなるほど聞かされている。

親指一本で、通話履歴から相手を探る。

コールを繰り返す。

五回目で応答があった。

『どうしました、正義』

リチャード。リチャード。リチャードリチャードリチャード。三十回ほど、声を出さずに名前を呼んだ気がする。

今どこにいるのだろう。日本ではないのは知っている。今日、日本のエトランジェは休業日だ。前もってシャウルさんに教えてもらっていなければ、まず俺はエトランジェに赴いただろう。

しばらく言葉が出てこない。この男が沈黙を無下にしないことは知っている。だが黙っていたいわけじゃない。言葉が出てこないだけなのだ。日本語の言葉が。

恥を忍んで、俺は口が滑るままに喋った。

日本語ではなく、英語で。

なあリチャード、今すごく変なことが起こってるんだ。俺は日本人だし、今まで日本で育ってきたはずなのに、うまく日本語で喋れないんだよ。考えていることと言葉にできることが、あまりにもちぐはぐで、日本語に自分の頭がおいつかないんだ。そういうことを、俺は英語で喋った。不思議だ。言語が切り替わっただけで、するする言葉が湧いてくる。水道管開通といわんばかりのスムースさだ。はた目から見れば奇妙な光景だろう。ネイティブ発音というわけでもない、明らかに日本人の顔をした男が、日本語が喋れないよと銀座のデパートの屋上で泣き言を言っている。ちょっとこの人大丈夫かなという感じだろう。でも夜の屋上庭園には、今のところ、俺と観光客しかいないようだ。

本当にごめん、ちょっと驚いて、誰かと話がしたくてと、俺はしどろもどろになりながら英語で告げた。

リチャードの返事は、シンプルだった。

実際のところ、その現象は、よくあることです――と。

聞き取りやすい、たおやかな英語だった。

よくある。よくあるってどういうことだろう。質問する前に、さっき俺の愛人と疑われていた男は補足してくれた。へそで茶が沸いてしまいそうだ。

『ご存じとは思いますが、英語とは、世界有数の、ノン・ネイティブ話者の多い言葉です。英語を話す相手と出会ったからといって、その相手がイギリスやアメリカ、あるいはオーストラリアの出身と判断することはないでしょう。世界言語となった言葉は、習得者たちにある種の一体感をもたらします。自分の母語ではない言葉を、ともに話す人々というシンパシーです。その言葉を介してコミュニケーションする時、あなたは自然と、シンパシーの膜の中に包まれている』

ああ、なるほど。

言われてみれば、俺は「英語が下手《へた》ですね」と言われたことがない。自分の英語がうまいせいだとは全く思わない。ただ、英語は世界で有数の、頑張って勉強して身につけた人の多い言語なので、それがうまい下手という判断は、あまり意味を持たないのだろう。通じるか通じないか。あるいはテストで正答できるか。そういう意味合いの強い言語だ。

手加減をしてもらいやすい言語、とでも言えばいいのか。

それがシンパシーの膜ということなのだろう。

つらい時に使いたくなるのには、そういう理由もあるのだろうか。

俺がそう告げると、返事はグッフォーユーだった。この言葉は昔から変わらない。頭を撫《な》でられたジローのような気分になってしまう。

リチャードはまだ、言葉を続けた。

『そして、母国語が出てこないという状況もまた、私には懐かしく思われます。あなたの英語の熟達は、教師として非常に喜ばしいものではありますが、いまだ、十全ではない。そしてあなたもそれを自覚している。隅《すみ》から隅までイギリスの新聞ガーディアンを読めるわけではないでしょう。そういう言葉で喋る時には、余計な要素を切り落とすのが容易です。言葉にできないものは、存在しないものとしながら、喋ることができるのです。ですが日本語は、あなたにとっては広範すぎる。自分の母語で喋るには、あまりにも抱えているものが多すぎる。そういう理由で言葉が不自由になることも、ままあることです』

ままあることですって、それは多言語を習得している人間だからこその話じゃないだろうか。

俺がカタカナ発音の英語で食い下がると、リチャードは声を出して笑ってくれた。少しずつ日本語の中田正義と、英語の中田正義の溝が埋まりつつある。橋だ。リチャードは俺にとって橋のような相手だ。身を捧げて橋になってくれるわけじゃなく、こうすると渡れますよと、川の向こうからアドバイスをくれるのだ。

『ままある、は言いすぎだったかもしれません。ですが私にとっては、とても馴染み深い感覚です。勝手にその感覚に、名前まで授けていた始末です』

「名前？」

『聞きたいですか』

「ああ」

エトランジェ。

ジェー、が伸ばすように聞こえない。日本語発音のフランス語だった。リチャード語、とでも言えばいいのか。意味は『異邦人』。尋ねるまでもない。

『自分の中で迷子になっているような感覚。言葉の海でうもれて溺《おぼ》れているような息苦しさ。そういったものをあなたも感じているのなら、ようこそ。そこは私にとって馴染み深い、懐かしい海です。時には嵐の監獄《かんごく》にもなり、時には緊急避難シェルターにもなる。ご感想はいかがですか？』

けっこう苦しいです、と俺は正直に答える。リチャードは含み笑いをしながら、口の中で転がすように言葉を紡《つむ》ぐ。酒が入っているのだろうか？　多分違うと思うが、今日の声はとても優しい。

『それほど恐れるものではありません。あなたは既に、いろいろな泳ぎ方を習得しているはずです。次第に回復するとは思いますが、あまりにも困るようでしたら、ラジオやテレビをつけたままにして、無心で耳から流し込めば、荒療治も可能でしょう。ですが、急ぐ必要がないのなら、心地よく味わってきなさい。その海には、あなたの血肉となる、いろいろなものが落ちているはずです』

苦しい時には、また電話を。いつでもどうぞ。待っていますと。

優しい声で言われると、ひとことくらい何か、日本語で絞り出したくなる。『サンキュー』という言葉は、俺の中で『ありがとう』と完全に合致しない。ニュアンスが違う。今はどっちだ。どっちだろう。

「リチャード、ありがとう」

『――おや、日本語が出てきましたね。ご無理をなさらず。どういたしまして』

「本当に切り替えが早いよなあ……」

『幼い頃から多言語に親しんでいたせいもあるでしょう。他方、あなたは日本語一本槍《いっぽんやり》で過ごしてきたというのに、この数年の発展は目覚ましいものがあります。誇るべきでしょう』

「それはわかってるよ。自分でも嬉しく思ってる。でも、日本語で『自分を誇りに思います』って、なかなか言わないし、言ったら変な空気になるだろ。海外ドラマの吹き替えかって言われるよ」

『かもしれませんが、あなたの中に確固たる誇りが存在しているのは事実でしょう』

だったらそれを、誇りとして、胸にしまっておけばいい。

あなたの胸に輝く宝石の存在は、あなたが知っていればいいと。

リチャードはもう一度、英語に、リチャードの母語に切り替えて、そう告げた。胸にそっと触れてもらったような温かさが残る。俺も自分の言葉で伝えよう。

「ありがとう」

『どういたしまして。それで？　久しぶりの日本はいかがですか』

「すごいよ。ギンザ シックスってビルが建ってた。屋上庭園まである」

『ああ、あなたは初めてでしたか。デパ地下が充実していますよ』

「さすがの甘味大王だよ。もうお気に入りの店があるのか？」

『幾つかは。あなたも開拓してみてはいかがです？』

「アイスクリームでも売ってたら考えるかな。日本は暑いぞ。びっくりするくらいだ」

『憚《はばか》りながら、それは日本を訪れる外国人の共通認識です。紺屋《こんや》の白袴《しろばかま》という言葉を思い出しますね。アイスクリームですか、膨大《ぼうだい》な選択肢にめまいを起こすあなたが目に浮かぶようです。楽しみなさい……失礼、そろそろ目的地に到着します』

「え？　ど、どこにいたんだ？　何してるところだったんだ？」

『運転中でした。ブルートゥースでの通話ですので、ご心配なく。それでは』

「恩に着る。本当に気をつけてな」

回線は切れた。

どこにいるのか、結局リチャードは教えてくれなかった。テキサスの広大な砂漠でもぶっとばしていたのだろうか。あるいはミネラルショーがあるというドイツとか？ 現在地を言わない理由もわかる。俺が調子を崩していると判断し、「では今から行きますので」と告げても、俺に遠慮をさせないためだ。東京でホテル住まいをしている間に、三回ほどそういうことがあって、死ぬほど恐縮したが同じくらい嬉しかった。

「…………」

愛人ってどういう関係のことだろう。想像するしかない。そもそも職業・愛人と履歴書に書く人はいないだろうし、職業名ではないだろう。極端に考えれば、特に何もしなくても、相手に金銭的な支援をしてもらえる間柄とでも定義すればいいのか。

だが仮に、大富豪の愛人をやっているとしても、多分ここまでしてもらえることはないのではないかと、俺は真面目に思っている。全ては人間関係の問題だ。

そういう間柄を、どう説明すればいいのか、考えるほうが野暮《やぼ》だったのかもしれない。

伸びをして、気分を切り替えて、俺は庭を一周した。こっそりお稲荷《いなり》さんの社《やしろ》が建っているのを見つけて何だか嬉しくなってしまう。きっとこれは松坂屋の時代から変わらず、この土地にあったものだろう。再びエレベーターに乗ってデパ地下に降り立った俺は、甘味大王の予言通り、目移りするような甘味天国に呑《の》み込まれた。天国だ。ここは天国のようだ。どうしてこんなにいいものばかり売っているのか、まるで理解できない空間だ。銀座という街そのものにも、少し似ている。

　会社帰りのお姉さんたち――ひょっとしたら俺のほうが年上かもしれない。もう新卒の年齢でもないのだから――にまじり、さんざん迷った挙句、俺は抹茶《まっちゃ》ソフトを諦《あきら》め、フルーツのごろごろ入ったアイスキャンディを手にしたのだった。甘いものと、俺の上司の共通点は、どちらも疲れた心に優しいところだ。

　地下鉄を乗り継いで、乗り換え駅まで出たところで連絡をいれると、中田さんが町田《まちだ》駅まで迎えに来てくれた。予定の時間通りの合流だ。飲み会を途中で抜け出したことは別に言わなくていいだろう。と思っていたのだが中田さんが感極まって号泣し始めたので、俺ももつられて泣いてしまい、結局ありのままに全てを話すことになってしまった。今日の中田正義は全体的に情操のバランスがおかしい。これも時差ボケだろうか。わからないが俺と中田さんは、飲み会の仕切り直しとばかりに、差し向かいでビールを飲むことになった。どちらもノンアルコールだ。うまい。

「まあなんだ、いろんなことがあるけどな、正義、俺はいつもお前の味方だよ。何だってしてやりたいと思ってるんだよ」

「ちょっと、あんまり甘やかさないでよ」

「いいんだって。正義は頑張る子だから、甘やかすくらいでちょうどいいんだ。頑張りすぎるってところは、ひろみさんも同じだけど」

「変なこと言わないでよね。私が何歳あなたの年上だと思ってるの」

「それを正直に言うと、怒るくせに……」

「うるさいわねえ」

久々の実家、という感じはしない。中田さんが長期出張から帰り、俺がスリランカに旅立ったのを機に、ひろみは市内の別の賃貸に引っ越したのだ。あまり家に帰らない看護師の一人暮らしと、セキュリティ重視の夫婦の二人暮らしでは、生活感が変わるのは当然だ。ほぼ初めての家である。マンションの三階で、オートロックで、それほど広いわけではないが、ダイニングにはひろみが憧《あこが》れていた食洗機が入っている。すごい。憧れていると言っていたものを、ひろみが本当に購入に踏みきったことが一番すごい。俺の知る限りずっと、ひろみは自分を幸せにしてやることを頑《かたく》なに拒んできた女性だったから。少なくとも中田さんと結婚するまでは。

初めての家なのに、俺はこの空気がとても好きだ。

座高の低い、布張りのソファに腰かけて、中田さんは俺を見ていた。俺は床の上であぐらをかいている。おつまみは俺のお土産《みやげ》のドライマンゴーだ。

ひろみが席を外したのを見計らって、俺は小さく囁《ささや》いた。

「うまくやれてるみたいでよかった。ひろみ、気難しいから」

「知ってるよ。これでも夫婦だし。そっちはどうだ」

「……まだ、びっくりしているところ、かな」

さすがに自分の住んでる街で、あんな事件があるとは思っていなかった。目が覚めたら銃声が聞こえ、黒煙が上がっているというシチュエーションに放り込まれたら、大抵の日本人は俺と同じ反応をすると思う。中田さんは日焼けした顔に、いたわるような笑みを浮かべた。この人は相変わらず海の男という感じのガタイだが、全然人を威圧しないところが大好きだ。

「俺はジャカルタ周辺が長かったけど、赴任中に二回、爆弾テロがあったな。ショッピングモールの爆破とか……警察官に死者も出たりして、その都度帰国させられたけど、まあ現地の人たちと仕事をしてる部署だから、そのたび俺だけ逃げ出すみたいで胸が痛かったよ」

「日本だとあんまり、報道されないですよね。じゃない、報道しないよね」

「敬語でもタメ語でもいいよ、やっぱり俺の息子は可愛《かわい》いな！　そういうわけでもないと思うぞ。ＳＮＳで英語のニュースを集めてる人には、普通に目に入る情報だろうし、そもそも外国のニュースが入ってくるのだって、日本とかイギリスとか、そういう国だからじゃないかな。情報統制もないし」

中田さんの感覚は新鮮だ。そういうものなのかなと俺が呟《つぶや》くと、彼は大きな肩をすくめた。本当に不思議だ。この人には何を話してもいい気がしてしまう。リチャードには見せたくないような弱さも。

「……焼き討ちのあと、スリランカはしばらくネットが繋《つな》がらなかったんです。海外のSNSへのアクセスはまだできないんじゃないかな。そういう国の意向みたいで……何だか国が、国の人を怖がってるみたいで、俺は逆にそれが怖かったです」

「国が、国の人ねえ……そりゃあ怖いよなあ」

「……今回のことで、自分で自分に呆れました。年単位で滞在を考えている国だったのに、俺は全然その土地のことをわかってなかったんだなって」

「俺だってなあ、インドネシアの問題とか、そんなにわかってる気はしないよ」

興味がなければ、人はどこまでも無関心でいられる、たとえ報道があろうとなかろうと

――と。

喉《のど》を鳴らして、ノンアルコールビールをおいしそうに飲んだあと、中田さんは笑った。

「でも、正義はきっとそういうのが嫌なんだろう。俺はそこがかっこいいと思うね」

「……一応、あなたの息子なので、かっこよくなりたいなと」

「やめろよ。泣くだろ。本当にやめろよ。ごめん。ちょっともう泣いてる」

「すみません、あの、ティッシュありますから」

「サンキュ。こら、正義まで泣くなよ」

「俺のは心の汗なので……」

「何二人で馬鹿《ばか》なことやってんのよ。さっさと寝なさい。正義、布団とソファ、どっちで寝る？　そこのソファ、ベッドになるタイプなんだって。まだ寝たことないけど」

「……あー、迷惑にならないほうで」

「自分の家に『迷惑』も何もないだろう、このー」

「ノンアルコールで酔っぱらわないでよ。理屈が通らないでしょ」

すごい、ホームドラマでこういうの見たことある、と俺の頭は考えていた。こういうシーンあるよな、知ってる知ってる、ドラマで見たよと。まだ見慣れない家の間取りもだが、今目の前で起こっていることが、自分の家族の出来事であるとなかなか信じられない。とはいえ信じようが信じまいが現実であることは理解できるので、俺は風呂場で一人こっそり泣き、ソファをベッドに変形させて、横たわった。蚊帳《かや》がないのが新鮮だ。スリランカの家では必需品だったのに。パジャマは青。昔からひろみは俺の服を買う時には青を選ぶ。オレンジやピンクのほうが実は好きだとなかなか言えなかった。パパラチアの色だから。

と。

明かりを消したダイニングに、青い光が入り込んできた。俺のスマホの画面だ。床に置いた充電器に差しっぱなしにしたまま風呂に入っていたので、どこに置いたか忘れかけていた。先に帰ってしまったから、心配した誰かが電話でもくれたのだろうか。

しゃがみこみ、画面を覗き込むと。

電話ではなかった。メッセージだ。この相手からの受信だけ、俺は電話の着信のように、派手に通知されるように設定してある。

内容は、たった一言。

『予定通りに』

そっけない。そしてほんの少しだけ懐かしい。この前に、同じアドレスからメールを受け取った時、俺はキャンディの家にいた。遠くからは銃声が聞こえて、ジローの体がやけに温かく感じた。

差出人名は以前のままだ。

ヴィンセント。

「了解、です………と」

メッセージを送信する。読まれた印のチェックマークが表示されて、俺は軽く、歯を食いしばっている自分に気づいた。緊張しているのか？　違う。多分これは。

武者震いというやつだ。

予定通り、俺はちょっと着地するような時間を日本で過ごしたあと、翌日の昼の飛行機で、香港《ホンコン》に向かった。

話をしましょう――と。

キャンディの家で連絡を受けた時、俺はまともな判断ができる状態ではなかった。外では焼き討ちが起こっていて、家の中ではニュースが怒鳴っていて、ジローも怖がってうろうろしているし、とどめのようなメールだった。しかも何か他のメッセンジャーと勘違いしたのか件名しかない。リチャードやシャウルさん、中田《なかた》さんにも連絡をしなければならないというのに。

俺は慌《あわ》てふためいて、荒っぽい返信を打ち込んだ。

『何考えてるんですか。今とりこんでいます。ニュース見てください』

ヴィンスさんとはもう、ずっと前から話がしたいと思っていた。豪華客船での一件で、彼がリチャードの元部下であったと知った時には、もしかしたら俺の将来の相談に乗ってくれるかななどという甘い期待を抱いて、話をしたいとも思った。彼がリチャードやジェフリーたちに『復讐《ふくしゅう》』しようとする富豪の少女オクタヴィアの片棒を担《かつ》いでいると知っ

二カ国目
香港+

たあとには、どういうことなのかわかるように説明してくれと食い下がりたかった。だというのに彼は、いつもスマートなスーツや鳳凰《ほうおう》のジャケットなどを着用し、スカした茶髪のツーブロックを揺らして、電《いなずま》のように現れては颯爽《さっそう》と俺を助けて去ってゆく。ありがとう、でもいい加減にしてくれとハリセンで頭を叩きたくなるような快刀乱麻《かいとうらんま》ぶりである。話がしたいと俺は何度も言ったのに、その都度無下にしておいて、今更『話をしましょう』とは何事だ。しかもひょっとしたら家の外で国家の一大事が起こっているかもしれない非常時に。俺はそんなにわがままを言うほうではないと自負しているが、その時だけは死ぬほど言わせてほしかった。時と場合を考えてくれ、頼むから。

半年以上に渡り積もりに積もった、こまごまとした不満と状況への不安とストレスが、一言の返信の中で炸裂《さくれつ》してしまった。だがおかげでエンジンがかかった。ヴィンスさんのことなど、知ったことか。大事な人への連絡が先決だ。まだ状況は把握《はあく》できていないが、逆に俺がチェックしきれないニュース局の情報を回してもらえるかもしれないとも思ったし、事実そうなった。

あちこち電話をかけまくり、必死の顔でネットサーフィンをし、信じられないような速度で増えてゆくブログのコメントに目を通しては息抜きをさせてもらいながら、俺はどうにかその日を生き抜いた。軍隊の出動で暴動は沈静化、しかし夜間は外出禁止令が発令。その日はスリランカ全土に。翌日からはキャンディだけに。夜間外出禁止令。違反したらどうなるのだろう。興味はあったが、試す気には全くなれなかった。

連絡を終え、日中に二度も充電の切れたスマホを休ませ、買い置きの保存食を食べてジローを撫《な》でて、日付の変わる時刻になった頃、俺はようやく、ヴィンスさんのメールのことを思い出した。冷静に考えれば念願の連絡だ。さすがに対応がそっけなさすぎたかもしれない。でも状況が状況だ。異様に情報の早い彼のことだし、俺の現状くらい既《すで》に把握済みだろう。

そう思ってスマホを開き、メッセージを再び確認すると、腹立たしいことに、続くメッセージは何もなかった。話しかけてきたのはそっちではないのか。若干イラッとした。

メッセージは読みましたからね、誤送信みたいなフリしてもだめですよ、話をしましょう、念のため俺の電話番号はコレ、変更していませんからと、俺は畳みかけたが、応答はない。時差があるのかもしれないと思った。彼が今どこにいるのか俺は知らないが、フランスにもカリブ海にもやってくる人だ。アラスカやアルゼンチンにいたっておかしくはない。

疲れていたので、俺はそのまま就寝し、果たして深夜の二時に着信を得たのだった。電話だ。表示名はなく数字だけだったが、考えるまでもない。ヴィのつく人だ。俺は軽率に自分の電話番号を送信したことを後悔した。

「いい加減にしてもらえませんか！　今日は疲れてるんです！」

応答ボタンを押すなり、俺は怒鳴ってしまった。まずい。寝起きは気が立っているとしても、言い訳できないくらい悪い対応だ。あとでこのことをヴィンスさんに謝罪しなければならないのが、その時の俺は一番イヤだった。

ところが――

「お客さん、香港《ホンコン》は初めて？　明日はタクシーでヴィクトリア・ピークを一周しない？　僕が運転するよ」

おっと。

スリランカでの出来事に没入していた意識が、運転手さんの言葉で引き上げられる。ここは香港だ。空港からホテルへと向かう、ハイウェーの車中である。彼の英語は早口で、少しくせがある。焼き討ちのあった日のことを考えると、どうしてもぼんやりしてしまう。全身の神経が張り詰めていたのだろう。嫌になるほど細かなことまで思い出してしまうと、現実と夢の境目がわかりにくくなる。

俺は曖昧《あいまい》な笑みを浮かべて、英語で返答した。

「いいえ。半分仕事で来ているので」

「半分仕事？　じゃあもう半分は遊びってこと？　気が重いね」

「実は、そうでもないんです。ここ最近は、いつもそんな感じなので、もう『全部遊び』も『全部仕事』もないんじゃないかって思うようになりました」

「ごめんね。あんまり英語はうまくないからわからなかったよ。娘はカナダの大学に行ってるんだけど。それで、明日の観光だけど」

「滞在中は予定が詰まっているので、できないんです。申し訳ありません」

「そう」

　香港国際空港は、何もかもがスピーディに進む場所だった。あまり人のいない夕方の時間帯だったこともあるのだろうが、飛行機を降りてからタクシーに乗るまで、両替所を経《へ》たというのに、三十分未満である。

　空港の乗り場からタクシーに乗る際に、俺は警備員のような服を着た人に、行き先を尋《たず》ねられた。ホテルの名前を答えると、その人はレシートのようなものをこぶし大の機械で打ち出して、俺とタクシーの運転手、両方に渡した。空港からホテルまでという表示と、おおよそのタクシー料金だ。すごい。もの知らずな観光客が、悪質なタクシーにふっかけられないようにということだろう。

　空港からホテルまでは十五分ほどと書かれていた。その間、目に入るのは、高層マンションの夜景ばかりである。思い出すのは石鉄隕石《せきてついんせき》の標本だ。パラサイトと呼ばれる、橄欖《かんらん》石《せき》、つまりペリドットを含むレアな鉄隕石で、コレクターに人気の華やかな標本。新宿《しんじゅく》駅の喫茶店で、画像を見せてもらったことがある。

　巨大な石壁のようなマンションは、居住者がともす窓あかりで、オレンジ色に輝いていた。オレンジ色の部分がペリドット、壁の部分が鉄。スライスした標本にそっくりだ。それにしても驚かされるのは、天をつくような高さもさることながら、窓の数である。多い。タテにもヨコにも多い。一階あたりの天井の高さが日本のマンションよりもそこそこ低いのではないだろうか。できるだけたくさんの人間を収容しなければという気持ちが伝わってくる。

高速道路を下りて商業区域に入ると、あたりは大量の段ボールを積み下ろししているトラックだらけになった。俺のホテルは旺角《モンコック》という街にある、古くも新しくもないビジネスホテルだった。急いで確保した宿にしては、けっこういい感じではないかと思う。

目覚めた翌日、朝の六時。連絡があった通りの場所に向かう。別の国にやってきたのに時差ボケがないというのは新鮮だ。

旺角駅から地下鉄に乗る。流れてゆくニュースは全部漢字なのに、なんとなく内容がわかるのが不思議だ。『太子《たいし》』という駅の英名が、『プリンス・エドワード』であることにも驚く。ここは二十世紀の終わりまではイギリス領だったのだ。地下鉄に降りる時のエスカレーターが、日本の基準だと速すぎて怖いくらいであるところも、ロンドン地下鉄によく似ている。

観塘《かんとう》線と呼ばれる、緑のラインで表示される地下鉄を終点まで乗った。

最後の駅名は『調景嶺』。

アナウンスに従って、俺は銀色の座席から立ち上がり、列車を降りた。ちょうけいれい、と読みたくなるが、英語のルビはティウ・ケン・レンだった。多分本場の発音はこんなにたどたどしくはないのだろう。ネイティブの人に直してもらうとしよう。

地下鉄駅からエスカレーターで地上階に上がってゆくと、急に視界が開けた。広いショッピングモールのような場所に接続しているらしい。エッグタルトを売っている売店がある。もう一階分エスカレーターを上がって、マップの示す方向へ歩いてゆくと、外に出てしまった。公園が広がっている。建物の二階に庭があるというわけではなく、高低差のあるマンション入り口の公園に接続されているらしい。便利で、広くて明るくて、近代的な駅だ。

公園も設備が整っている。雲梯《うんてい》やら、バタフライマシンのような筋トレ器具やら、『ご自由にお使いください』とは思えないほど、いろいろな器具が整っている。テニスコートの脇の遊歩道を歩いていると、ランニングウェアを着た女性が走り抜けていった。あたり一面、空港の近くで見たのと同じような、背の高いビルディングが居並ぶ姿は壮観だ。どれも窓辺に生活感が漂っている。商業ビルではなく、人が住んでいるのだろう。新開発された区域という雰囲気だ。

しばらくそのあたりをふらふらと歩く。バスケットコート。クリケットのゴール。舗装された遊歩道。守衛さんのいるゲート。ゲートの向こう側には行けないらしい。

さて、どこにいるのか。

うろうろするうち、俺は植物に囲まれた区画を見つけた。遊歩道が狭くなっているので、ランナーは来ないだろう。

誰かがダンスの練習をしていると、最初は思った。だが違う。

ランニングシャツに、ゆるいパンツ姿の男が、武道のシャドートレーニングをしている。仮想敵と戦っているつもりで行う鍛錬のことだ。太極拳《たいきょくけん》だろうか？　違う。間合いが狭い、フットワークが猫のように俊敏だ。ジークンドーというものだ。ユーチューブで幾つか動画を見た。ブルース・リーの生み出した格闘技。俺でも名前を知っているアクションスターだ。そしてブルース・リーを生み出したのは、俺が今足をつけているこの国、香港である。

汗だくになって、見えない誰かと戦っている男を、俺は南国植物の陰から見守った。終わらない。いつまでも終わらない。この人は一体何と戦っているのだろう。待ち続けるのにも飽きた頃合いに、俺は声をかけた。

「こんにちは、中田です」

音がしそうな勢いで、彼はぐるりと首を回して、俺を見た。

ヴィンスさん。ヴィンセント梁《ライ》。

彼の表情は見物だった。かっと目を見開くと、この人の黒目がちな目も三白眼になるらしい。打撃が来る、と察知し、俺は反射的に頭の高さに腕を上げた。入ったのは打撃ではなく蹴撃《しゅうげき》だった。やばい。この人は本当に武道を極めた人だ。すごい勢いで脚《あし》が動いたのに、俺に当たる直前にはっとして、足の甲が俺の腕に当たる時には完全に止まっていた。腹が立つが、ちょっと憧《あこが》れる。

「危ないですよ。せっかく日本から来たのに、もうちょっと何かないんですか」

「……何故《なぜ》だ」

「いや、世界は狭いし、世界は一つだし」

「何故ですか。中田さん。何故あなたがここにいる」

「情報をもらいました」

ヴィンスさんの顔にきっと皺《しわ》が刻まれた。額から顎《あご》へと汗が垂れてゆく。

「……誰から」

「怒らないで聞いてもらえますか」

「誰からだ」

らちが明かない。ええい仕方がない。

「会いました。マリアンさんに」

あなたの結婚相手の、と、補足する必要はなかったようだ。ヴィンスさんの顔がみるみる土気色になってゆく。この人もこんな顔をするのだ。

「……心配していましたよ」

俺がほんの少し、気を抜いた隙《すき》に、目にもとまらぬ速さでヴィンスさんの手が俺の襟《えり》を摑《つか》んだ。がくがくと揺さぶる。これは武道の技じゃない。ただ摑んでいるだけだ。怖い。鎖骨《さこつ》に彼の指が当たる。

「あの女に何をした！　何故お前が彼女のことを知っている！」

「落ち着いてください！」

「返答によってはただではおかない」

「話しますから！」

「俺の頭の神経が切れる前に語れ。今！」

「彼女から連絡をくれたんですよ！」

彼の返答は、吐息のような「は？」だった。理解できないらしい。気持ちはわかる。俺だっていまだに理解できていないのだ。

一歩、二歩、後ずさりをしてヴィンスさんは距離をとった。襟元の乱れを直す。もう一回同じことをしようとしたら、どういうふうに防ごうかなとプランを立てるが、どうやら彼にそんな意思はないようだった。

汗だくのヴィンスさんは、俺の足のあたりを見下ろしながら、焦点の合わない目で呟《つぶや》いていた。

「………どうして」

「メールを見せます」

俺は懐《ふところ》からスマホを取り出した。ロックを解除し、アプリを立ち上げ、ヴィンスさんに手渡した。読めばわかるだろう。


——いい加減にしてもらえませんか、今日は疲れてるんですと。

怒鳴りつけてしまった俺は、スマホの向こうで誰かが息をのんだことに気づいた。女の子？　ヴィンスさんのような男性ではない。ひっとおびえる小動物のようだった。

これは、誰だ。

彼が俺とやりとりしてきたアカウントを使って、俺にコンタクトをとってきた相手は。

「………オクタヴィア？」

思いつきだった。ヴィンスさんと繋《つな》がっている女の子といえば、俺には一人しか浮かばなかった。だが。

「こんにちは。私は……マリアンと言います。ヴィンセント梁の妻です。ニューヨークにいます。あなたは、日本人ですね？　夫を知っている人ですか？」

たどたどしいが、確かな日本語だった。俺の頭はみるみるうちにカリブの豪華客船に巻き戻った。ヴィンスさんの写真を、リチャードから見せてもらったことがある。晴れ姿の写真だった。香港の夜景を背景に立つ、ふっくらとした夫婦。痩《や》せる前のヴィンスさんと、彼と同じくまるまるとしたシルエットの、赤い服の女性。アジア人の顔立ちだったと思う。俺の記憶力はそこまで厳密ではない。

彼女か。

いやいや待て待て。これは俺がヴィンスさんとやりとりをしてきた、ヴィンスさん個人のアカウントのはずだ。リチャードには知らせていないとも言っていた。それを配偶者と共用にしている？　ありえない。今どきちょっと考えにくい情報管理だ。

俺は日本人ですが英語も話せます、広東語《カントン》はわかりません、英語と日本語どっちで話しましょうと俺が問うと、彼女はイングリッシュと答えた。ヴィンスさんとは少し発音が違う。どちらかというと、中田さんの英語に少し似ている気がした。チャキチャキした発音なのだ。

彼女は一つの言葉を繰り返し、俺に告げた。

話がしたいんです。話をしてください――と。

電話口で、話せるだけ話そうとした。だが彼女の言葉は聞き取りにくく、途中で何度も感情がたかぶって、中断してしまう。そして俺も日本に帰国するための手続きで忙しく、彼女のために時間を割くことが難しかった。また電話しますと言っても、通じるかどうかわからない。

俺は考えた末、スリランカから日本に帰国する間に、遠回りな寄り道をすることになった。ニューヨーク経由日本ゆきである。地球一周コースだ。

本当に世界は丸いし、一つなんだなあとしみじみしながら、俺は飛行機の機内で隣席の金髪の女の子が歌う、可愛《かわい》い歌に耳を傾けていた。

日本に帰国する前にアメリカに寄ることを、シャウルさんにだけは話した。

中田さんには、帰国が少し遅くなるけれど、全く心配はありませんと伝えた。ひろみにもそう伝えてくれるだろう。

リチャードには、迷った末に、伝えなかった。

ヴィンスさんとあいつが別れた時の話を、俺は豪華客船の甲板《かんぱん》で聞かされた。あの時のリチャードの顔を俺は今でもよく覚えている。変わっていないを連発し、不自然なほど朗《ほが》らかに笑っていた顔を。あいつはどんな時でも美しいが、時々美しく見えすぎることがあって、もちろん勘にすぎないのだが、そういう時には何かの異変が起きていることが多いらしいとわかるようになってきた。

変わっていないと。

リチャードはそう思いたかったのだろうか。

だがそれを、あの時既にオクタヴィアとコンタクトをとっていたであろうヴィンスさんが、どんな思いで聞いていたのか、俺にはわからない。正当な報《むく》いを受けさせるという動画を受け取った時のリチャードの気持ちもわからない。だがつらかっただろう。ここで「実はヴィンスさんの結婚相手から連絡があったのでアメリカに行くよ」と俺が馬鹿《ばか》正直に打ち明けるのは、静かな森の泉のようなあいつの心に、無粋なコンクリート片を投げ込むような行為になるかもしれない。やめろ私が行くと言われる可能性だってある。それでは俺が釈然としない。

どうせ結果はすぐにわかるだろうし。

初めて訪れるニューヨークは、思っていたより、何というか、人間的な場所だった。俺が勝手なイメージを膨らませすぎていたせいだろう。六本木《ろっぽんぎ》とか新宿とか、ああいう非人間的なまでにビルがぼこぼこ生えているところだと勝手に思っていたのだ。何しろニューヨークだ。世界で最も栄えている街の一つである。だがとても古い街でもある。二百年以上世界の最先端を走り続けているような、『新しさ』の蓄積を、もっとたくさん見物してみたかったが、今回の寄り道にそんな時間はなかった。何しろ滞在時間は一日足らずだ。

彼女が俺を待っていてくれたのは、アメリカ自然史博物館だった。

世界最大級の博物館の一つで、言わずもがなの観光名所でもある。

地球と惑星科学のホール、と名付けられた区画の奥、月の石の並ぶコーナーを通り抜けた、宝石のホールの出入り口で、彼女は俺を待っていてくれた。それにしても、フランスの美術館でジュエリー関連の展示物を見たばかりだったので、岩石鉱物好きの楽園のような展示との温度差に少し笑ってしまった。きらびやかさか、実学か。学問の魅力としてどちらをより強く打ち出すのかの差はお国柄だろうか。こんな状況でなければ、展示の前に立ち止まって眺めたい石がゴロゴロしているが、今はそれどころではない。

黒いTシャツに、ブラックのジーンズ。ほんのりと浅黒い肌に、ちりちりとウェーブする茶色の髪。そしてアーモンド型の瞳。マリアンさんは、ヴィンスさんほどではないが、結婚写真よりも痩せていた。ぽっちゃりというよりも、ふっくら程度の体つきだ。

そして震えていた。

あらかじめ送っておいた写真と同じ顔の男が現れると、彼女は泣きそうな顔で駆け寄ってきて、挨拶《あいさつ》もなく、突然切り出してきた。

「ヴィンスは、どうしていますか。生きていますか？」

そこからか。

俺が最後に彼と会ったのは八月のフランスで、一カ月ほど前のことになるが、生きていると思う。体調はとてもよさそうだった。何を考えているのか俺にはわからない人ではあるが、多分彼は俺や、俺の上司のことを彼なりに気にかけて、ひょっとしたら助けてくれているのではないかと思うとも伝えた。

俺の記憶が確かならば、ヴィンスさんは唐突に結婚し、香港を去り、リチャードと敵対するというドラマティックな人生を送っているので、ひょっとしたら仮面夫婦なのかなと疑わなくもなかったが、彼女のこんな顔を見てしまうと、そんな疑問を持ったのが馬鹿馬鹿しく思えた。彼女は寝ていないようだった。目の下に隈《くま》がある。手が震えている。俺の返事が怖いのだ。これが演技なら主演女優賞ものだろう。

ぽろぽろと涙をこぼした彼女は、ハンカチで目元を拭《ぬぐ》うと、取り乱したことを詫《わ》び、あたりに人がいないことを確認すると、いきなり服をたくし上げた。さすがに慌てる。取り乱し続けているのか。驚いて目を逸《そ》らす俺の前で、彼女は震える声で言った。

「彼は私に、とても大事なものをくれたんです。見て、ここです。わかるでしょう」

「…………え？」

カリフォルニア・ゴールドの展示の前で、彼女はTシャツを捲《まく》りあげていた。展示のガラスに映った素肌が見える。彼女が指さしているのは、下腹部だった。右の下腹に一本、赤い縦線のようなみみずばれが走っている。

なんだこれは。怪我か？　いや違う。

これは手術の痕《あと》だろう。

どうしてこんなものが。いや、何故彼女は俺に、こんなものを見せる。

俺の脳裏を、ついさっき彼女が言った『大切なものをくれた』という言葉がよぎった。

ひょっとして——何と言うんだっけ、この言葉を英語で。思いついたが英語が出てこない。ちょっと待ってとボディランゲージして、スマホで検索する時間をもらった末に、俺は口を開いた。

「……臓器移植《トランスプランテーション》？」

マリアンさんは厳しい表情のまま、無言で頷《うなず》いた。俺は呆然《ぼうぜん》としつつ、できれば服を元に戻してもらえませんかと、おろおろとお願いした。

Tシャツを元に戻すと、彼女は初めて、微《かす》かな笑顔を見せてくれた。

「……どうしたんですか？」

「ナカタさんは、明るい人ですねと、よく言われませんか？」

「……たまに言われます。すみません、変な顔をしていましたか」

「全然。ありがとう、身振り手振りが面白くて、少し緊張がなくなりました。ごめんなさい。怖い人が来るんじゃないかと思っていたんです」

「俺は、その、よく『変な人ですね』って言われます。ああっその、変な意味じゃなくて、いえあの、変な人ですねとは言われるんですが、不審という意味ではなくて」

「ふふっ」

後ろから遠足とおぼしき子どもたちが入ってきて、先生がゴールドラッシュのことを語り始めたので、俺たちは押し出されるように順路を移動した。ミネラルショーだったら主役が張れそうな鉱物標本がゴロゴロしている。ジェムストーンの展示はもっと奥らしい。

　歩いているうち、彼女はぽつりと呟いた。

「私の夫も、そういう人です」

「え？」

「変な人ですねと、初対面の人にはよく言われるようでした。無表情だし、ぶっきらぼうだから。でも本当はとても優しくて、つらい気持ちをわかってくれる人なんです」

　言いながら、マリアンさんは足元ばかり見て歩いていた。彼女は一粒一粒、小さな石を落としてゆくように、歩きながら喋った。

「ヴィンスと結婚するまで、私の国籍はフィリピンでした。フィリピンで生まれて育ちました。十五歳の時、香港で工人《ゴンヤン》、家政婦として働くために国を離れました。ヴィンスの家は私の職場でした。梁さんの家の工人だったんです。ヴィンスのお父さんが心臓病で亡くなるまで介護をして、そのあとに彼と結婚して、アメリカで手術を受けました。お金は全部、彼が出してくれました」

　マリアンさんの英語は、たどたどしかったが、それは英語力の問題ではなく、彼女の心の問題のようだった。当然だ。受け手の俺ですら、呆然としてしまうような話である。

　情報で頭を殴られるような経験はこれが初めてではない。リチャードと中田さん、ひろみが繋がっていると知った時も、彼が初めて中田さんと出会った時、玄関先であいつが土下座しようとしたと聞かされた時も、喉《のど》の奥で声がぐるぐる回って口から出てこなくなるような、やるせない、どうしようもない感覚のフルコースを堪能した。だが今はあの時の何倍も、胸が重い。

マリアンさんが語る『夫』というのは、本当にヴィンスさんなのか？　軽妙で、ポップスターみたいで、飄々《ひょうひょう》としながら神出鬼没に現れる。そのヴィンスさんが、臓器移植？　お金を全部出して？　考えなければならない要素が多い。

どうしてそんなことが起こったんだ。

放射状に並べられた展示の鉱物を眺め、時々俺の顔を見ながら、マリアンさんは聞き取りやすい英語で喋ってくれた。

彼女とヴィンスさんが出会ったのは、彼女が十五歳、ヴィンスさんが十八歳の時だったという。最初から介護のために雇われていたわけではなかったという。食事をつくったり、家の掃除をしたりするのが仕事だったそうだ。日本にはない感覚だが、もともとイギリス領だった香港には住みこみのメイドさんを雇う文化があり、共働き家庭が増えた今も、需要は消えていないそうだ。フィリピンから出稼ぎに来る人がたくさんいるという。私もその一人だったと、マリアンさんは言った。ヴィンスさんのお母さんの話は出なかった。

彼女が老闆《だんなさま》と呼ぶヴィンスさんのお父さんは、香港の中心地に店を持っていたそうだ。宝石店である。主に翡翠《ひすい》と珊瑚《さんご》を商《あきな》う店で、ヴィンスさんはその店を継ぐ心づもりだったらしい。だが香港返還以降の地価上昇と、膨大《ぼうだい》に押し寄せる本土からの観光客効果で地上げに遭《あ》いかけたところを、シャウルさんとリチャードに救われた。そこまでは俺も聞いたことのある話だ。

その後、何が起こったのか。

スター・オブ・インディアと名付けられた、世界で一番大きなスター・サファイアの前で、マリアンさんは俺を見た。青いスター・サファイアにはくっきりとした金色の線が走り、マリアンさんの茶色い瞳からは、涙が筋を作って流れていた。

「……お話をする前に、一つだけ確かめさせてほしいことがあります」

「何でもどうぞ」

「ナカタさん、あなたはヴィンスの味方？　味方ですね？」

一瞬、返答に困った。

マリアンさんの認識では、ヴィンスさんには敵がいるのだ。それは、今までの感覚で考えれば、彼の与《くみ》するオクタヴィアの敵、すなわち俺やリチャードなどクレアモント家の人間のことだろう。だがヴィンスさんは俺を何度も助けてくれている。彼が語っている情報がごく一部であることも察しがついている。

だから困ったのは、本当に、一瞬だった。

「味方です」

「本当に？」

「そう思います。でも、順番が逆なんです。彼が俺の味方をしてくれるんです」

「あなたの味方？」

はいと俺は頷く。

「まだ理由は、わからないんですが……彼はいつも、俺を助けてくれるので」

ぶっきらぼうな態度で、ふーんという顔をして、でも自分の身を危険にさらすことを躊躇《ためら》わず。

マリアンさんは消え入るような声で、そうですかと呟いた。

「本当に、今も昔のままなのね」

俺の頭の中に、誰か別の男の声が蘇《よみがえ》った。

変わっていない――と。

不穏な豪華客船の夜の世界から、俺は一瞬でニューヨークの博物館に戻った。

マリアンさんはそれから、リチャードとシャウルさんと出会ったあとのヴィンスさんについて語ってくれた。ヴィンスさんが二十代になったばかりの頃の話である。俺がリチャードと出会った年齢を重ねざるをえない。当時のヴィンスさんは大学に通っていた。香港では中等教育、日本でいう高校で、学生時代を終える人が八割で、カレッジに通うことができるのは二割だという。大学全入時代と騒がれている日本とは、学制の感覚がまるで違うのだ。

「彼は、勉強が好きで、大学の先生にも負けないくらい、頭のいい人でした。だからリチャードさんとシャウルさんとの仕事を、彼は本当に楽しんでいました。天運が向いてきたと言っていたわ。子どもみたいに目をきらきらさせて、二人ともすごい人だって、よくわからない宝石や語学の話を、私にも聞かせてくれた。あの頃の彼はとても楽しそうで、私は彼のそういう顔がとても好きでした」

順風満帆、という言葉が似合う成り行きだ。

だがそれが長くは続かないことを、俺はもう知っている。

マリアンさんは再び、順路に沿って展示室を歩き始めた。まるで時間旅行をしているかのように、一定の歩調で、しかし決して歩みを止めず。

俺たちはジェムストーンのコーナーに近づいていた。ジェダイド、という解説が見える。標本のようにずらりと並んでいるのは、翡翠の宝飾品たちだ。踊る仏像、座禅《ざぜん》を組んだ仏像、足を折りたたんだ牛の像、剣の鍔《つば》とおぼしき丸い飾り。素晴らしいクオリティの石の、素晴らしい細工ばかりだ。主にアジアからの品だろう。アメリカの博物館にやってくるまでの間に、この石たちがたどった果てしない道のりを思うと、ため息がこぼれそうになる。

きれいですね、と俺は話しかけてみた。だがマリアンさんは応じず、彼女の世界の中から、言葉を持って戻ってきた。

「……ヴィンスは、使ってはいけないお金を使ってしまったんです」

「使ってはいけないお金？」

「あなたは、ジェフリー・クレアモントという人を知っている？」

俺は言葉を飲み込んだ。知っているとかいないとかそういうレベルではない。彼は気のいいお兄ちゃんである。だが最初から、徹頭徹尾、誰にとっても、気のいいお兄ちゃんであったわけではない。昔の彼は、そういう人ではなかった。

俺が無言で頷くと、マリアンさんは荒《すさ》んだ表情を隠すように、展示物のほうを見ながら喋った。

「私は直接会ったことがないけれど、その人のせいでヴィンスの人生はおかしくなった。その人は義理の弟だか、親戚の従弟《いとこ》だかを探していて、ヴィンスがその人と繋がりがあると知ったら、秘密で情報を流せと命令してきたんです。拒否権はなかったと思います。彼が断わったとしたら、その人はヴィンスの職場に、面白くない情報を流すって言ったみたいだから。どっちみち仕事を失うことになったはずです」

これは、リチャードが香港の宝石店にいた頃の話だ。あいつはまだ、呪いの遺言状から逃げ続けていた。ジェフリーは七代目伯爵の遺言状に縛られた一族を解放するために、開《かい》錠《じょう》の要《かなめ》であるリチャードを追いかけ、リチャードは実家と縁を切って逃げ続けた。ジェフリーは手段を選ばなかった。俺と初めて会った時にもそうしたように。

「その人はたくさんお金をくださったそうです。ヴィンスの父が重病で、高価な薬を買い続ける必要があることもわかっていたみたい」

でも、結局ヴィンスさんのお父さんは亡くなったはずだ。

薬を買ったのに、寿命には勝てなかったということか。でも医療の世界にはよくあることだと思う。誰のせいでもない。俺がそうこぼすとマリアンさんは苦しそうに首を横に振った。

「違うんです。ヴィンスは薬を買わなかった。お金をもらっていることを誰にも言わなかったんです。お父さんにも、誰にも言わず、全部そのまま自分のためにとっておいたの。私たちが住んでいた家はとても狭くて、ものを隠す場所なんてほとんどなかったから、ヴィンスは私の部屋の床板に細工をして、小切手を隠していました」

「…………」

「私が買い物に出ている間を見計らって、小さなベッドを動かして隠していたんです。それを偶然目撃してしまって、そうしたらヴィンスは」

給料を上げるから黙っていろと、彼はそう言ったという。

どの道、指定された人間でなければ換金できない小切手だったという。隠してあることさえ秘密にできればそれでよかったということか。マリアンさんはそんなふうににおわせているようだったが、多分、その頃からヴィンスさんは、ある程度彼女のことを家族として信頼していたのだろう。

「……リチャードさんたちと一緒に働くうちに、ヴィンスは少しずつ変わっていったように思います。最初のうちは子どもみたいに喜んでいたけれど、だんだん暗い顔をするようになりました。尊敬していた人たちを裏切り続けている自分に耐えきれなかったんだと思います。私を大声で怒鳴ることもあったし、お父さんとも少しずつ険悪になっていた。『自分には何もかも足りない』って、よく言っていました。勉強したいとか、外に出て自分を試したいとか、そういう気持ちだけが、彼に残されたきれいなものだったのかもしれません。どこか遠くへ行きたいって、口癖のように言っていました」

何もかも足りない。どこか遠くへ。

その気持ちは、ある程度理解できると思う。

リチャードの傍《そば》にいると、あまりの美しさにいつも幸せな気分にさせられて複雑なことはろくろく考えられなくなるが、完全にスペックだけを羅列《られつ》してみれば、あいつは完全超人みたいな物件である。その隣で、仮に「こいつに勝ちたい」という気持ちで仕事をしていたとしたらどうなるだろう。かなり気が滅入ると思う。この甘味大王めと罵《のの》って、うまいスイーツを山ほどこしらえて足をパタパタさせながら食わせてやるというスキルがあった俺は、自分で思っていた以上に幸運だったのだ。

そうでなければ、自分の全てがリチャードに劣っているという想念に凝《こ》り固まって、身動きがとれなくなってしまいそうだ。

リチャードのせいと言う気はない。それは間違いだ。だが人間関係というのは、どちらか一方だけの努力では成立しない。どちらか一方が、もうこれは無理だと思った瞬間、そこで何かが変わってしまう。

ヴィンスさんはそういう関係が嫌になったのかもしれなかった。そして自分の力だけではどうしようもない状況に置かれた時、大金はブレイクスルーを与えてくれる。

悪魔のようなタイミングで、ジェフリーは彼の前に現れたのだろう。

「……ヴィンスはアメリカに留学したいと言っていました。香港の人にとって、海外で勉強したり、働いたりすることは、全然珍しいことではありません。フィリピンの人にとってもそうです。日本では、あまりポピュラーではないんでしょう？　すごいと思います。仕事があって、出稼ぎに行く必要がないんだから」

「最近はそうでもないんじゃないかな。ワーキングホリデーとか、日本でも少しずつ流行している感じはありますし……」

「そう、じゃあ、どこも同じですね」

みんなここではないどこかを目指している。

そこはとてもいいところで、自分の努力が正当に報われる。

そういう場所を目指して、マリアンさんも香港にやってきたという。フィリピンの家には八人、兄弟姉妹がいて、働かなければ結婚するしかない。結婚してもいい暮らしができるという保証は全くない。なら出稼ぎだ。広東語を習って香港へ。

ヴィンスさんの場合は、お金をためて、アメリカへ。

彼はお父さんが死ぬのを待っていたと、マリアンさんは抑《おさ》えた声で語った。

「そうしたら香港にしがらみがなくなるから、向こうで勉強ができるって。もちろん本人にそんなことは伝えませんでした」

そしてヴィンスさんのお父さんは、亡くなった。

悪く言えば見殺しにしたようなものだと、マリアンさんは呟いた。悪く言えば、だ。彼は自分の事情を話さないことにかけてはプロフェッショナルだ。本人に確かめるまでは、俺はどんな判断も控えなければならない。今は情報が必要だ。

「……ヴィンスさんは今、アメリカの大学に在籍して、経営の勉強をしているんですよね。初めて会った時、そう聞きました」

「それは嘘《うそ》です」

よどみのない言葉だった。

彼女は俺の目を見て喋っていた。瞳に涙はない。ただ目玉そのものが、感情の塊《かたまり》になってしまったように、俺を凝視している。

「お金はもう、全然ないんです。本当に何もないの。彼は香港の大学も中退しました。私のためにアメリカで手術をしたから」

「……手術っていうのは、さっき、見せてくださった」

「はい、私の手術です。腎臓《じんぞう》を移植したの」

腎臓。肝臓《かんぞう》と同じく、腎臓は『沈黙の臓器』と呼ばれているらしく、病気の早期発見が難しい部位らしい。ちょっと疲れやすいとか、ちょっと貧血気味とか、そういう『ちょっと』が長く続くだけだから、病気とわかりにくいそうなのだ。マリアンさんの場合もそうだったという。

日々の家事と、ヴィンスさんのお父さんの介護とで、マリアンさん自身に、自分の体を気遣ってあげる時間はほとんどなかったという。毎日顔を合わせる相手は、介護相手と、その息子のヴィンスさんだけで、二人とも彼女のことはあまり気にかけない。ランチの時間は近隣のメイド仲間の友人たちとにぎやかに過ごしたり、広い歩道の脇にシートを敷いて昼寝をしたりするが、その間にも体調の話をするような余裕はなかったと。

「私が病気だとわかったのは、ヴィンスとお店の関係が決定的に悪くなったあとだったみたい。彼は、その頃はもう、お店の話は全然してくれなかったし、私も長く勤めた梁家を離れて新しい働き口を見つけなければいけなかったから、忙しかった。彼はアメリカで勉強をするって言っていたけれど、死んだ人みたいな顔ばかりしていて、ごはんもあまり食べないから、病院に行ったらって私は言ったんです。そうしたら彼はいつものようにぶっきらぼうな声で『お前が行け』と言ったんです。『顔色が悪い。最近は疲れやすいのだろう』と。フィリピン人の工人は、それほどいい待遇で働かせてもらえないことも珍しくありません。狭い部屋に住み込みをしている間、倒れてきた家具に潰されて亡くなった仲間もいます。だから、体調が悪いことなんて普通のことです。何よりあの時は、寝ても覚めても老闆のお世話ばかりで、自分のことなんか構っている時間はありませんでした。でも彼が、そんなことを言ってくれるのは久しぶりだったので、嬉《うれ》しくて、私は病院に行きました。香港は日本と同じく、とても医療の水準の高い国です。若い人が忙しすぎて、病院に行く時間がないのも似ているそうですね」

職場が替わることを考え、疲れやすくなっていることに気づいたマリアンさんは、公立病院で健康診断を受けたという。

結果は要再検査。

変だなと思いながら、二度、よくわからない検査を受けた結果、診断は下った。腎臓病だ。移植手術をしなければ、死ぬまで透析が必要になるという。腎臓というのはざっくり言うと尿をつくっている臓器で、その働きが悪くなると、体中の老廃物をこしとることができなくなり、人工的に血液をきれいにする『透析』という治療をしてあげないと、最悪の場合は死に至る。排泄《はいせつ》ができなくなると人は死ぬのだ。正直このあたりでも俺はスマホの力を借りまくり、知らない言葉を検索しまくっては話についていっていた。語彙《ごい》が足りない。文明の利器よありがとう。看護師のひろみがここにいてくれたら少しは違うだろうにと、母親の顔を何度も思い浮かべていたのをよく覚えている。

目の前が真っ暗になったと、マリアンさんは言った。

「手術は、とてもお金がかかります。公立病院で手術を受けたとしても、大変な金額になります。ドナーもいません。私の家族はフィリピンです。でも、帰国して手術を受けるのも、現実的ではありませんでした。フィリピンの医療制度は、香港とも日本とも全く違います。必要になる金額も違います。私の貯蓄でどうにかなることではありませんでした。透析をしながらメイドをするのは、かなり難しいだろうとも言われました。じゃあどうすればいいんですかと私は先生に尋ねましたが、先生は何も言ってくださいませんでした」

「……そのこと、ヴィンスさんには？」

「彼はそれどころじゃありませんでした。土壇場《どたんば》になるまで、言っていいのかどうかもわからなくて、でも迷っている間に結局気づかれてしまいました。いよいよアメリカへの渡航手続きが終わる頃、私が家で倒れたので」

想像する。狭い家だとマリアンさんは言った。その中でヴィンスさんと、ヴィンスさんのお父さん、マリアンさんが暮らしている。お父さんは死んだ。家族の死は家に巨大な影響を与える。ばあちゃんが死んだ時には俺もひろみも、世界の何割かが終わったような気がしたものだ。ヴィンスさんの心には過大な負荷がかかっていただろう。仮にどんなに嫌な相手だったとしても、一緒に起居している肉親に黙って蓄財をして、結果死なせるというのは、一生背負うことを覚悟しなければならない十字架だ。俺だったら耐えられないと思う。でも彼はアメリカ行きの準備を整えていたという。それだけの意思があったのだ。

だがその中で、マリアンさんが倒れる。

ヴィンスさんも、世界の何割かが、終わるような気がしただろうか。

「……ヴィンスは、私に退職金をくれると言っていました。でも彼にとってお金がどれだけ大切なのか私もわかっていたし、彼の邪魔にはなりたくなかったので、無理はしないでと伝えていたんです。病院からもらった検査結果も、ヴィンスは見てしまったようでした。それで彼は、私にくれる退職金を、替えてくれたんです」

結婚しようと、マリアンがベッドで目覚めると、ヴィンスは淡々と告げたという。

そうしたら腎臓をあげられるからと。

「……私たちは移植に必要な型が適合していて、ヴィンスは健康でした。彼は私のドナーになれます。だから結婚して、お金次第で優先順位を変えてくれるアメリカで移植手術をしようって。もう何が何だかわからなかったけれど、私はそれを受け入れたんです。だってヴィンスのことは好きだったから。ずっと好きだったから。できることなら離れたくなかった」

「……ヴィンスさんは、そのことを」

「私が彼を好きだって、知っていたか？　知っていたと思います。私たちは気が合う友達みたいな関係でしたから。でも生きている世界が違いました。それに彼はそっけなかったし、結婚できるなんて、本気で考えたことはなかった」

開いた口が塞《ふさ》がらないとはこのことだ。

何なんだ、あの男は。

何なんだ。

愛していたのか？　マリアンさんを？　だから取り返しがつかなくなる前にできることは全てやろうと思ったのだろうか。あるいは罪滅ぼしをしたかったのか？　短期間で家族と、家族のように家に尽くしてきてくれた人の両方を失うことを、天罰のように感じたのだろうか？　父親を見殺しにすることには耐えられても、二人目の見殺しには耐えられなかったのか。その両方だろうか？　それともそのどちらでもない？

いずれにせよ確かなのは、俺の目の前にいるマリアンさんすら、その答えを知らず、途方に暮れているということだ。

彼女ははらはらと涙をこぼした。

「……香港で結婚しました。晴れ着も着て、写真撮影もしました。その後、ニューヨークの病院で手術してもらいました。私の指や足の先が泥みたいな色ではなくなったのは、彼の腎臓が私の中で働いているおかげです。結婚のお祝いだと、彼は私に住む場所と生活費もくれました。でもそれだけです。私たち一度も、夫婦らしい生活を送っていません。私が彼のことを昔からずっと好きだったことも、まだ伝えられていないんです。そんなのはヴィンスにはどうでもいいことかもしれませんが……彼はずっとお金を送ってくれますが、電話には応《こた》えてくれません。彼は元気ですか」

こんなに必死な、誰かの安否を尋ねる声を、俺は生まれて初めて聞いた。

正直なところ、話を聞き始めた時点では、彼女がどこまで今のヴィンスの行動を把握しているのかいないのか、それすらわからなかったが、今はよくわかった。全く何も知らないのだ。結婚してアメリカに渡って、腎移植をしたきり、あの男は彼女の前から姿を消してしまったのだ。

俺だったら追いかけたと思う。ヴィンスに縁がありそうなところをリストアップして、香港でもアメリカでも、歩き回って探しただろう。だが病み上がりで、収入も不安定な人にはそれも難しかっただろう。何も行動できない時、人は本当に不安で押し潰されそうになる。

彼は大丈夫です、元気にしています、この前なんか俺が穴に落ちたら懐中電灯を持って助けに来てくれたんですよと言うと、彼女はさっと顔色を変え、穴に落ちたってどういうことですかと尋ねてきた。ちょっと難しいのだが、フランスの埋蔵金騒ぎに巻き込まれてとざっくり説明しても、よくわかってもらえなかったと思う。俺はもっとかいつまんで、大事なことだけを話した。

「ヴィンスさんは、俺と俺の上司のリチャードを……多分、助けてくれているんです」

どういう意味の『助ける』なのか、俺にはまだよくわからないのだが。

少なくとも、百パーセントの敵ではない。それは確かだ。

マリアンさんは俺の答えにまだ納得しかねているようだったが、大丈夫だと繰り返したせいか、少し安心したようだった。だが表情は、明るいとは言えない。

「……ヴィンスは、リチャードさんには負い目があるはずです。彼のためになると思ったら、何でもするでしょう。私にだってこんなに優しくしてくれたのだから、彼には当然のことでしょう」

俺は改めて、ヴィンスさんからの連絡は何もないんですかと彼女に尋ねた。マリアンさんは、連絡しろとは言われていると答えた。連絡すべきことは、彼女の健康状態、暮らし向き、困ったことの有無、近況報告。つまり、困ったことがあったらすぐに言えということだ。しかしヴィンスさんからの折り返しの近況報告はない。一方的に報告させるだけだという。マリアンさんは業《ごう》を煮やし、家が燃えて困っているから帰ってきてとデマの連絡をしたそうだが、返答は大量の送金だけだったそうだ。それでもう嘘の報告はやめたという。

「みじめです。好きな人と結婚できて、透析の心配もなくなって、アメリカに住んでいるのに、なんだか今は、世界の全てが灰色に見えるようです」

「俺もヴィンスさんに会いたいんです。会って話がしたいんです。でも、あの人、どこにいるのか」

「簡単な予想ならばつきます。私が近況報告をすると、あの人、折り返しに写真を送ってくれることがあるから。フランスのお花とか、カリブの海とか。SNSができない憂さ晴らしみたいなものかもしれませんね。グリーティングカードのようなものだけど、それでもある程度のことはわかります。彼は、一つの滞在先に、長ければ一週間くらいは逗留《とうりゅう》しているようです。あなたとの連絡にも、私に写真をくれるのと同じアドレスを使っているみたい」

「…………そういえば」

話をしましょう、という最初のメッセージ。

あれはマリアンさんからの連絡だった。

しかしあのアドレスは、ヴィンスさんが俺に教えてくれた、彼の私用のアカウントである。話を聞くほどに、そんなものをマリアンさんと共有で使っているとは思えない。

何故彼女が、そんなものを介して俺に連絡を？　何故俺に？　そもそもどうやって？

俺が尋ねると、マリアンさんはどこか悲しそうな顔をして笑った。

「私とヴィンスは、いわゆるギーク同士でした。機械が好きなの。フィリピーナは難しい機械のことなんてわからないって、馬鹿にされることもあったけれど、とんでもないわ。私の兄は修理工として十歳の時から中古のパソコンを直していたし、私だってその手伝いで一通りのことはできます。機械好きが高じすぎて、知り合いのアプリのアカウントを、一時的に乗っ取ることができるようになるくらい。ごめんなさい。なんでもいいからヴィンスの情報が欲しくて手を尽くしていたんですが、やっぱり漫画みたいにはうまくいかなくて、通信履歴の一番上にあったあなたに、メッセージを送付してしまったんです。でも結果的にそれがよかったみたい。電話番号、とても助かりました」

それは、いわゆる、ハッカーというやつではないだろうか。

すごいですねと、わけもわからず俺が褒めると、マリアンさんは申し訳なさそうな顔をした。いけないことなんですと、項垂《うなだ》れたように言う。

「……ヴィンスも私の特技は知っています。彼もオタク気質だったから。フットワークの重い私には、わかってもどうすることもできないって、たかをくくっているんだと思う。私の予後は、順調すぎるほど順調なんです。でも合併症の検査とか、通院とか、まだ完全に自由というわけではないから」

でもここでじっとしているのは耐えられませんと、マリアンさんは目に力を込めた。この人は本当に素敵な人だ。瞳はぱっちりとして大きくて、声は穏やかなのに、一つ一つの言葉に情熱がある。

「ナカタさん、お願いできますか」

何をお願いされているのか、考えるまでもない。

帰ってこいと、彼に伝えるのだ。説明しろと、彼女の代わりに告げるのだ。

俺が頷くと、彼女は微笑《ほほえ》みを浮かべた。安堵《あんど》の顔だと思う。それから少し、何かを心配しているような色。

最後に俺に、長い伝言を託した。

「……ヴィンスに、私のことを好きになってほしいとは言いません。大丈夫です。私が二人分好きになるから。それに私は、彼の好きな食べ物も知っているし、好きな音楽も知っているし、料理はうまいし、歌だってとても上手です。よく働くし、呑《の》み込みもいいし、でしゃばらないし、きれい好きです。家電が壊れたら修理してあげられるし、話があるなら何でも聞くわ。私以上に彼のいいお嫁さんになれる人はこの世界のどこにもいないと思います。それから私は、信じてもらえないと思うけれど、本当はとっても陽気なの。ヴィンスがつらい時には、何か楽しいことを言って笑顔にしてあげられると思います。だからもし彼に会えたら、伝えてください。あなたのいるところなら、たとえ地獄の底だったとしても私にとっては天国より素敵な場所なの。絶対に幸せにしてあげるから、どうか帰ってきて。——そう伝えてください」

お願いしますと、彼女は深々と頭を下げた。

受け止め方のわからない、大量の感情。

わかっている。俺はただの中継ぎだ。本来の目的地まで、彼女の想いを届けにゆくメッセンジャーだ。責任重大である。

そして帰国直前。

彼女は俺に連絡をくれた。

ヴィンセントが今、香港にいるらしいと。場所は調景嶺。

昔、彼の家があった場所だという。

俺は彼女に謝意を示し、そういえば以前にも、こんなあやふやな情報を頼りに、飛行機を使って旅に出たことがあったのを、少しだけ懐かしく思い出した。


呆然としていたのは一瞬で、ヴィンスさんは既に、お馴染《なじ》みの「ふーん」の顔で俺をねめつけていた。あと一つだけ伝言、というか確認作業がある。もう少しだけ聞いていてくれ。

「……今お伝えしたことが、全部嘘じゃないって証拠に、これを預かってきました」

「こんなに真に迫った嘘を中田さんが構築できるとは思えませんけどね」

「ありがとうございます。誠実だって言ってくれたんですよね」

「馬鹿正直をオブラートに包むと、同じかな」

「これです」

俺は懐から、宝石箱を取り出した。マリアンさんから預かってきたもので、彼女は箱の中身を、さらに脱脂綿にくるんで保存していた。よほど大事にしているのだろう。結婚した時に、ヴィンスさんから贈られた物であったという。

中から出てきたのは、指輪だった。金属製ではない。

珊瑚だ。

初めてこれを見た時、プラスチックの作りものかと思った。絶対にそんなことはないと、ヴィンスさんの性質上わかってはいたが、もし本物だとしたら、幾らになるのか俺には想像もつかなかったからだ。

巨大な珊瑚を指輪の形に彫り出した一点物。

中国の博物館にでも展示したほうがいいのではないかと思うような逸品《いっぴん》だ。サイズ変更など不可能だ。石をくりぬいたようなものなのだから。

「中田さんは、宝石商見習いなんですよね。どうですか、あれから。進捗《しんちょく》は」

「宝石商見習いとしての下積みは、順調かってことですか」

「まあそうです。この指輪を見て、何かわかったことは？」

「……それを俺に答えさせてどうするつもりですか」

「これでも元は宝石店の店員でしたからね。セールストークには敬意を払う性質《たち》です。あなたが喋ったぶんくらいは、私も喋り返してあげようかなと」

俺にはその言葉が、ヴィンスさんの初めての譲歩に聞こえた。

質問したいことがあるならしろ、ただしその前に、私のために言い訳を作れと。

どうしてこの人はこんなに、まわりくどいことばかりさせるのだろう。少しずつわかってきた気はする。気はするのだが、もし本当にそうなのだとしたら、俺はこの人とどんな顔をして付き合えばいいのかわからなくなりそうだ。

「どうしたんですか？　まさか指輪を預かったのに、興味が湧かなくて何も調べなかったとか？　転職したほうがいいですよ。今からでも公務員試験は間に合うでしょ」

「ええと、この指輪の素材は、明らかに珊瑚ですね。英語で『コーラル』。語源はギリシャ語で赤い珊瑚という意味の『コラリオン』。珊瑚の原産国は地中海沿岸と、日本や台湾《タイワン》、ハワイの近海。モース硬度は三・五で、真珠と同じく傷つきやすい。種別は桃珊瑚《ももさんご》だと思います」

サンゴ。この言葉からまず想像するのは、海にもぐった時に目に入る、サンゴ礁《しょう》のことだろう。ダイビングの動画なんかにもよく出てくる、石とも草ともつかない岩場に生えた謎の物体だ。中学校で学ぶような御伽草子《おとぎぞうし》の中にも登場し、難読漢字として大勢の子どもたちに疎《うと》まれもとい親しまれていて、仏教の世界においては、いわゆる七つの尊い宝、『七宝』の一つでもある。

だがその実態は、刺胞《しほう》動物、イソギンチャクやクラゲの仲間である。海の中にいる、生きた珊瑚の中には、動物プランクトンをとって食べる『本体』がいるのだ。それが海の中の藻や、海水の成分を利用して、炭酸カルシウムの殻《から》を形作る。宝石のように加工されているのは珊瑚の骨のようなものだ。

しかし、テレビによく映る『サンゴ礁』のサンゴは、宝飾品になるサンゴではない。あれは『造礁サンゴ』と呼ばれる、サンゴ礁を形作るサンゴで、宝飾品になるサンゴはもっと海の深い場所で生息している、赤やピンクのものなのだ。そういう珊瑚は『宝石サンゴ』と呼ばれる。造礁サンゴに比べて骨格が硬いため、研磨してもボロボロ崩れず、繊細な細工にも耐える。薔薇《ばら》の形のブローチや、動物の形に彫り込んだスカーフ留めなど、形状に様々なバリエーションを与えられるのも、宝飾品としての珊瑚の魅力の一つだろう。

宝石珊瑚にもいろいろな種類がある。赤珊瑚、白珊瑚、桃珊瑚。今現在、比較的高値で取引されているのは赤珊瑚だという。理由はもちろん、世界有数の珊瑚愛好国たる中国大陸において、赤色が非常に縁起のいい色だからだ。幸運をもたらし、厄《やく》をよけ、祝意を象徴する赤色。ウェディングドレスのお色直しも赤色のドレスが定番だというのだから相当だ。需要があるところには、相応の供給が生まれてくる。

とはいえ。

「この珊瑚は、そういう珊瑚じゃない。赤珊瑚は、ここに来るまでに通った宝石店にもたくさん並んでいましたが、朱色味の強い、神社の鳥居みたいな赤でした。ピンクじゃなかった。最初は少し、驚きました。ヴィンスさんは翡翠と珊瑚には詳しいって話していらしたので、赤珊瑚にしなかったのはどうしてなのかなって」

「ウンチクと感想文ですか？　じゃあ私もウンチクと感想文を返せばいいかな」

「考察はここからです」

中国文化圏が赤珊瑚を好むように、このピンク色を好む人々も存在する。ヨーロッパだ。

「こういうふうに、単一のピンク色の色味を持つ珊瑚は、『エンジェル・スキン』と呼ばれるそうですね。『天使の肌』なんて、素敵な呼び方だと思います。細工も緻密《ちみつ》で、彫り込まれているのは縁起物ばかり。この鳥はフェニックス、鳳凰《ほうおう》ですね。中国の縁起物で、龍とならんで皇帝の象徴でもあり、場合によっては皇后の象徴として扱われることもある。ここにいるつばめは多産のシンボル、こうもりは幸福をよぶ生き物、ひょうたんは長寿。精緻《せいち》な細工です。すごい値段がするんだろうな」

宝石店に並んでいた珊瑚の指輪は、翡翠より相場の安いものだった。俺が覗《のぞ》いた赤い看板の店のショーウィンドーでは、翡翠の指輪が千香港ドルから二千香港ドル、珊瑚は五〇〇香港ドルから八千香港ドルだった。八千香港ドルを日本円にすれば、十二万円と少し。

宝石店としては、そのあたりの値段の指輪を置きたい商品ということになる。頑張ってお金をためれば、手が届く価格帯の品物だ。

だがこの指輪の価格は、そんなものとは比べ物にならないだろう。

「金属のリングと違って、サイズ変更なんかできないのにこの細工、しかも縁起ものばかり、買い手の想像もつかないのにつくるようなものじゃない。明らかにオーダーメイドです。結婚や婚約などを祝う時につくられたものなんじゃないでしょうか。それをヴィンスさんが持っているということは、御親族から譲り受けたものである可能性が高い。ご実家はもともと、宝石店だったたんですよね。専門は翡翠と珊瑚」

「実家というか、何と言うか……まあいいでしょう。続けてください」

俺は唇を引き結ぶ。変則系のクイズ問題に答えているような気がする。赤いものといえば？　果物といえば？　あてはまるものを答えれば答えるだけ得点アップ。この珊瑚の指輪といえば？　俺の言葉が正解かどうかはわからない。だがヴィンスさんは静かに耳を傾けてくれる。彼が俺を眺める眼差《まなざ》しは、何故だろう、俺の大事な誰かとよく似ている気がする。哀しみを湛《たた》えているところが特に。

「俺にもラナシンハ・ジュエリーのツテができたので、こういう品を扱っているお店や職人さんがいないか、探せるだけ探したんですが、見つかりませんでした。一番似ている細工物は台湾の故宮《こきゆう》博物院の収蔵品で、もう骨董品《こっとうひん》でしたよ。二十代の人の貯蓄で購入できる指輪とも思えない。何かと物入りでお金がなかった時ならなおさらです。これはただの俺の推論ですが、この指輪はヴィンスさんのご家族が、ハンドメイドでつくったものなんじゃありませんか。それならヴィンスさんが持っていることにも、それをマリアンさんに差し上げたことにも説明がつく」

どうですか、と。

俺は採点を求めるように、少し上目遣いに、しかし逃げられないようしっかりと、俺の先輩を見つめた。ふーんの顔はそのままである。

だが彼もまた、いつの間にか、斜めに俺を見るのではなく、正面から俺と向かい合っていてくれた。不思議だ。威圧感はないが、試合の前と同じ空気を感じる。

「……お見事だな。ミニチュアのリチャードの完成が近い。これにはシャウル老師も大喜びだ」

ヴィンスさんは俺が渡した指輪を、左手の上に載せ、右手の人差し指で撫でていた。あらゆる面に凹凸《おうとつ》があるリングである。目が見えない人であったとしても、撫でれば何が彫られているのかわかるだろう。あるいは目が見える人間であっても、そこに触れれば、俺にはわからない文字を読み取るように、何かを見ることができるのかもしれない。

ヴィンスさんの触り方は、そんなふうだった。

ふんと軽く息を吐き、彼は指輪を軽く握りしめた。

「マリアンめ。次に会ったら説教だ」

「説教されるのはヴィンスさんのほうでしょう。会って話をしてあげてください」

「会う気はないです。せっかくおつかいしていただいたところ、申し訳ありませんけど」

会う気はない？　会う気はないだと？　彼女がどんな思いで、見ず知らずの謎の男を博物館に呼び出して、涙をこぼしていたと思っているんだ。俺が奥歯を食いしばると、ヴィンスさんは口を半開きにして天を仰いだ。ため息をついているらしい。

「いきなり目を三角にしないでくださいよ。他人の事情も知らないで、瞬間湯沸かし器みたいに腹を立てていると、そのうち脳卒中で倒れますよ。こっちにもこっちの事情があるんです」

「限度があるでしょう。腎臓移植をしてそのまま逃げるって、かなりぼかして親族の医療従事者に説明してみましたけど、『百パーセント意味がわからない』って言われましたよ。もちろん、大切な人を助けるための行為だってことはわかりますけど、説明不足すぎて助けた相手が泣いてるんじゃ意味がないと思いませんか」

「今のはいいですね。あなたがイギリスの刑務所に、伯爵家のダイヤモンドをぶち割ったかどで収監されていたら、あいつもあなたに同じことを言いそうだ」

「……それ、今この場で、何か関係ありますか」

「あるといえばあるし、ないといえばないかも」

奥歯にものが挟まったような発言は相変わらずだ。だがヴィンスさんは俺の前から逃げようとしない。いい加減にランニング姿だと少し寒そうだ。大丈夫ですかと俺が気遣うと、ポップスターのようなお兄さんは皮肉っぽく笑った。いつものようなエッジのきいたカジュアル系の服ではないが、ラフな雰囲気がめちゃくちゃ似合っている。路地裏の屋台でラーメンでも食べていそうだ。

「ちょうどいいですね。手術の痕、見ますか？　少しパンツをめくると見えますよ。最近の移植手術ってすごいですよ。脇を縦にザックリ切るんじゃなくて、腹腔鏡《ふくくうきょう》っていうものをいれて、下腹から出すんです。あ、グロ注意って言うべきでしたか？　すみませんね」

「いいですよ、俺も空手の教室で、切った張ったには慣れてましたから。傷は、もう痛くないんですか」

「手術は一年以上前で、私はレシピエントじゃなくドナー、つまり負担のより大きい受け取り手ではなく提供者です。後遺症もなし。寒い時にちょっと皮膚《ひふ》が引きつれたりはしますけど、それだけです」

「……運動は？」

「知りたがりだな。ふつーにしてますよ。朝の体操も、ランニングも。まあ『下町のサモ・ハン』ってあだ名は、返上しなきゃいけないかもしれませんけど。どうせ昔の話ですし、ゲームのほうが好きだし」

「サモ・ハンって、香港のイケメンのアクションスターか何かですか」

「…………………ノーコメントです」

わかった。人心地がついたら、速やかに『サモ・ハン』を調べよう。だが今はそれは一先ず置いておく。

ヴィンスさんは肩にかけていたタオルでかるく首を拭い、あたりをぐるりと見まわした。まるで見知らぬ場所に立たされた観光客のように、どこか遠くを見るような目をして。何だ。ここは彼の実家があった場所ではないのか。マリアンさんはそう言っていた。

「……ここは、昔はこんな土地じゃなかったんですよ」

「何となくそれはわかります。建物がみんな新しいですね」

「意味が違う。昔、この場所に翻《ひるがえ》っていた旗は、間違っても香港の旗じゃなかった。大陸の旗でもなかった。知っていますか、調景嶺の昔の名前。同じ読み方なんですが」

吊頸嶺《ティウゲンレン》。

意味は『首吊り山』。

びっくりするようなことを、ヴィンスさんは淡々と告げた。

「迷惑千万な話なんですよ。香港がまるごとイギリス領だった時代、このあたりには製粉《せいふん》工場がありまして、その工場主のレニーさんが、事業が傾いたことを受けて首を吊ったんです。だから首吊り山。レニーズ・ミル。でもそんな名前の土地に住みたい人間っていないでしょう。だからのちのち、同音異字で、何だかよさそうな名前に変えたんです。ここに移住させられて、荒れ地の開発をせざるをえなかった人間たちがね」

「移住させられた人間？」

「いろいろあったんですよ。いろいろ」

そうして彼は、おとぎ話を語るような口ぶりで、昔のことを語り始めた。

むかしむかし、ヴィンスさんのおじいさんがまだ若々しく壮健で、ヴィンスさんのお父さんは生まれたばかりだった頃。彼らはまだ、香港には暮らしていなかった。大陸の大きな国の大きな都市に住んでいた。日本中の子どもが名前を知っている大きな国で、世界有数の人口とおいしい料理とパンダで有名な国だ。だがその当時、大きな国の名前は、今と同じではなかった。漢字四文字の国だったのだ。ちなみにその時の香港はヨーロッパの国の一部だった。日本による占領統治が終わってもなお、紅茶とスコーンの国から『返還』されていなかったからだ。

大きな国の中でいろいろなことがあって、漢字四文字の国は、新たに漢字七文字の国になった。三文字分の違いだが、中身はたいそう変化して、四文字の時代の国を支えていた人たちの多くは、大陸から少し離れた、南東のほうの島に落ち延びていった。新天地である。もちろん他にも、世界中のいろいろなところへ。

しかし、その新天地の中にもなお、腰を落ち着けることのできない人々がいた。

「まあ、何て言いますか、私のおじいさんは、器用すぎて逆に不器用の典型みたいな人だったんです。政権がかわる時には争いがあるわけで、そういう中で器用貧乏な人間が、手っ取り早くお金を稼ぐには、何をしたらいいと思いますか？　争いの中で重宝されるものって何でしょう？　はい、中田さん」

「えっ……争いの中で重宝……武力？」

「頭はいいのに想像力が世紀末すぎますよ。現代の話なんですから。武力じゃなくて？」

「…………じょ、情報の、収集」

「今度はさすがですね、官僚を目指すだけある。そして情報を収集するために必要なのが？」

「…………パソコン？」

「中華民国の時代にそんなものあるわけないでしょ。はい、正解は間諜《かんちょう》、スパイでした」

スパイって、あのスパイか。

俺が目をしばたたかせると、ヴィンスさんはため息を吐いた。

「かっこいいBGMで登場する、イギリスのスパイ映画を想像するの、やめてくださいね。派手すぎ。目立たずこっそり行動するのが、本当のスパイのやりかたです」

「でも、鳳凰のジャケットを着る人もいるじゃないですか」

「聞こえませんでしたね。スパイのこと、日本ではネズミって言うんですよね？　時代劇で見たことがあります。自分の家にネズミが巣くっていたら誰だって困る。ネズミはすぐに追い出されます」

それは、害獣駆除的な見地から見ればそうだろうが、実際の人間の話だろう。国家の中身が変化するなんて大変なことなのだから、別に国を追われた人たちの中にスパイがいたとしても、問題はないのではないだろうか。自分たちのために敵のふりをして苦しい仕事をしていたのだ。そんなことは些細《ささい》な――

というところまで想像して、俺は嫌なことにも思い至った。

昨日まで敵だった人間と「実はスパイだったので仲間でした」という理屈で、真偽の確認が恐ろしく難しそうな理由で、すぐに仲良くできるものだろうか？　みんな揃《そろ》って、住み慣れた故郷を捨てて、半ば強制的に新しい土地で暮らさざるをえない極限の状態で。

学校の教室でも簡単にいじめが起こるのだ。実社会の中ではどれほど頻繁《ひんぱん》にそういうことが発生するか、考えるだけで苦しくなる。

ヴィンスさんは俺の無言から察してくれたようで、皮肉っぽい笑みを浮かべた。

「何となく想像がついた顔してますね。ま、そういうことですよ。哀れなものです。仲間のために献身しても、『お前は敵の台所でうまいメシを食っていたんだろう』と言われる」

「…………」

「本当に哀れんでる顔をしてますね。単純すぎて怖いな。でも私の祖父は、そんなふうに可哀相《かわいそう》に思ってもらえるような人間じゃなかったんですよ。ネズミの中でも、一番哀れで、要領の悪いネズミだった。ダブル・クロスって言葉を知ってますか？　二重スパイって意味のイディオムなんですけど」

「…………まさか」

「まさかです。私の祖父は、赤組の味方のフリをした青組のはずが、赤組のフリをした青組のフリをした赤組だったわけです。ややこしすぎ。めんどくさすぎ。しかもそれを、新天地に到着した後に自分から、青組の人々にバラしてしまった。一緒に苦労してかなり仲良くなったから許してもらえると思ったんですかね。マジで、ないですよね。誰のせいで国を追い出される羽目になったのかって話ですよ。引退したあとに秘密を抱えきれなくなるくらいなら、最初から普通のスパイにしておけばよかったのに、目先の金に目がくらんで、コロコロ主張を変えるからそんなことになる」

爪はじきにつぐ、爪はじき。

居場所がなくなったヴィンスさんのおじいさんは、再びの新天地を目指した。アジアの中でも特異な、ヨーロッパに所有されている場所。麻薬にまつわる戦争のあと、因縁に近い形の約束で、紅茶とスコーンの国に九十九年間貸与された領土。

東洋の真珠、アジアの金融街。香港。

彼のような事情で香港を目指した人々は、その時代、ちっとも珍しくなかったそうだ。

当時の香港は、ヴィンスさん曰《いわ》く『どっちつかず』の立場ゆえに開けていて、来るもの拒まずで、暗いものを暗いまま受け入れてくれる度量と、金融的な優位性があったらしい。それはもうたくさんの人々が香港にやってきた。大量の移民を受け入れざるをえなかった香港政府が、彼らのための場所を準備するほどに。

「まあ、あっちこっちにヤバい人たちに居座られても、行政には迷惑ですからね。そこで抜擢《ばってき》されたのが吊頸嶺。『首吊り山』。名前からして雰囲気がアレですから、当時そんなところに好きで住んでいる人はほとんどいなかった。そういう場所が、行政指定の難民向け居住地になって、私の祖父ほか落人《おちうど》の皆さんは、必死で自分たちの楽園を築き上げたわけです。青い旗の翻る、香港の中でも一際浮き上がった不思議な村をね。道は狭くて起伏があって、船つき場があって、いつも大陸では流せないニュースが流れていて、何かあるたび外国のメディアが取材にくる、ヘンなところだった。祖父がやってきて、死んで、私が生まれた村」

それがヴィンスさんの知る調景嶺だという。

全然イメージができない。今俺の目の前に広がっているのは、高層マンションとショッピングモールと駐車場である。その狭い村はどのあたりにあるのだろう。

いや。

そんなものはもう、ないのか。

「ご存じの通り、紅茶とスコーンの国からパンダの国に、香港は『返還』されました。一九九七年の話です。中田さん、その時もう生まれてました？　まだ細胞？」

「生まれてましたよ。けっこうギリギリですけど」

「そうですか。私はギリギリどころじゃなく生まれていましたけれど、まだ子どもでしたからね。返還直前の移民ラッシュや、外国人との結婚フィーバーの話なんかは、伝聞で知っているだけです。当時はまだ、香港人ならイギリスのパスポートが取得できたので、私の父も何故か、私にそんなパスポートを取らせてくれました。あわれにもほどがありますよ。引っ越すツテも金も、何もかもなかったのに。まあでも、そのドサクサで、祖父が友人たちと共同名義で運営していた宝石店を、まるごと引き継げたのは儲《もう》けものでしたが。父はあまり乗り気には見えませんでしたが、私はきれいなものが好きだったので」

　ヴィンスさんの家族は、引っ越さなかった。

　国の支配者が変わるというのがどういうことなのか、俺にはうまく想像できない。よくわからない。ひろみの家のある東京都町田《まちだ》市は、地図で眺めるとあまりにも神奈川県の領域にはみ出しているため、ジョークのように『神奈川県町田市』なんて言われることもある場所なのだが、もし万が一、将来何かの都合で町田市が本当に神奈川県になったらどうなるだろう。市の行政予算を支給してくれる母体が都から県になり、都議会議員選挙ではなく県議会議員選挙に投票し、ゴミの分別法も変わるかもしれない。それでもいきなり生活が激変するとは思えない。日本は日本だ。

だが、イギリスであるとされていた場所が、今度は中国であるとされるのは、それとは違うだろう。どちらにせよ地図上の香港の場所が変わるわけでもないが、二つの国の国家の形は、東京都と神奈川県どころの違いではないはずだ。

けっこういろいろ変わったんですねと、俺が相槌《あいづち》をうつと、ヴィンスさんは声をあげて笑った。とんちんかんな子どもの発言を聞いた大人みたいな笑い方だった。

「そうですね。けっこういろいろ変わりました。大陸としては、九十九年間、ヨーロッパに貸していたものが戻ってきたという認識でしょうが、九十九年の変化はあまりにも膨大でした。人の考え方も、生き方も、テクノロジーだって変わる。人の一生よりもひょっとしたら長い時間切り離されていた二つの土地が、簡単に一つになれるわけがないんです。だからこの国は一国二制度、香港は香港政府による自治を任せるという形で、今も大陸からは独立しています。一応。本当にいろいろな変化がありましたよ。たとえば調景嶺の再開発。どこから予算が出てきたのか私はよく知らないんですが、返還前から大規模再開発計画が始まって、今じゃ昔のひなびた漁村《ぎょそん》の面影はどこにもありません。青組の旗も見当たらない。住んでいた老人たちも退去させられて、高級なマンションが建ってます。どうしてでしょうね。この国に私の祖父のような前歴の人たちが住んでいたら、都合の悪い人でもいたんでしょうかね。難しいことはよくわかりませんが」

ヴィンスさんとお父さんの暮らした家も、もうないという。

家の建て替えは、わかる。古くなった家は建て替えるものだ。老朽化とか、予算とか、いろいろ事情はあるだろう。だが、村がまるごと一つ『建て替え』になるというのは、どういうことだ。わからない。天災のようだ。あまりにも多くのものが消える。あるいは消したかったのか。そういうことならば、わかる。論理的だ。論理的すぎて人間味がしないほどに。

そしてヴィンスさんとそのお父さんは、調景嶺の近くにある、小さなアパートに居を構えた。立ち退き料代わりに手に入れたもので、今はその場所も既に、別人の手に渡っているという。マリアンさんが住み込みで勤めていたのはその家だ。

「……ヴィンスさん、昔の話をたくさん聞かせてくださってありがとうございました」

「歴史の話はいいからお前の話をしろよって顔してますね。リチャードとの事情の話とか、スイスのお嬢さんの話とか。すみません、焦《じ》らしプレイが得意なので」

「ジークンドーで会話してくださってもいいですよ。俺、空手、ちょっと練習してきましたから。やりますか？」

「冗談じゃない。ここは高級な老人施設のある場所の、老人向けフィットネス公園なんですよ。通報されて二人ともお縄です」

「そうですか？　でも組手くらいだったら……あ」

ぐうう、と俺の腹が鳴った。こら。空気を読んでくれ。今はとても大事な話をしているところなのだ。今朝のホテルのバイキングは、冷凍とおぼしきロールパンと、あまり肉っぽくないハムと、インスタントスープだけという合理主義の塊で、緊張感もあってあまり食べられなかった。そんな言い訳をして俺が謝罪すると、ヴィンスさんは「ふーん」の顔に、うっすらとした苛立《いらだ》ちを滲《にじ》ませて俺を見ていた。何だその表情は。

「……香港にいるのに、ごはんがまずくてお腹《なか》が減ってるんですか？　変なことを言ってますよ。明らかにおかしい。じゃあ、行きますか」

「行きますかってどこへ」

「飲茶《ヤムチャ》」

知らない口の使い方をする発音で、一瞬、ヴィンスさんが俺の知らない人になる。やっぱりもっと語学の勉強をしようと、俺は心に決めた。

白黒のシマウマ柄ジャケットを着たヴィンスさんと共に、地下鉄ではなくバスに乗り込み、漢字は読めるが意味のわからない看板を幾つも眺めながら乗り継いで、俺は所在地不明の三階建て中華レストランに到着した。混んでいる。店員さんは誰も出てこないが、ヴィンスさんは気にせず店の中に入り、パイプ椅子を俺にすすめ、自分は壁と一体化した椅子に腰かけ、ンゴーイと人を呼んだ。ヴィンスさんの言葉も速ければメモを取る店員さんの手さばきも速い。目を白黒させているうちに、幻のような速度でお椀《わん》が出てきた。何もかもが素早く行われてゆく。これは、オートミールだろうか？　それにしてはちょっと重めかもしれませんが」

「粥《ジョツ》です。朝ごはんの食べ直しと思ってください。それにしてはちょっと重めかもしれませんが」

「はい……」

小口ネギ、皮蛋《ピータン》、豚肉、多分ショウガと、あとは何だろう。白いお米のスープがひたひたに満たされた黒いボウルからはいいにおいがする。ヴィンスさんは食べないのだろうか？

「私はお腹が空いていませんから。どうぞ」

頷いて腹をくくる。いただきます。柄《え》の長いれんげですくって口に運ぶ。

一口で、頭より先に胃袋が反応した。これはいいものだ、もっと食べようさあ食べようと、ぐうぐうと反応する。うまい。何だこれは。いろんな味が口の中でほろほろと弾ける。海鮮の味もするし野菜の味もする。俺は部活終わりの高校生のような勢いで、お椀を持ち上げ貪《むさぼ》り食った。

無言で味わい、ヴィンスさんに促《うなが》されるまま揚げパンのようなものを粥《かゆ》につけては食べ、最後にああっとため息をつきながら、俺はお椀をテーブルに戻した。ヴィンスさんは「ふーん」の顔に、ほんのりと得意げな微笑をのせていた。口元がネコみたいに尖っている。

「どうです？」

「……おいしいです。スペアの胃袋があったら、もう八杯くらい食べたいです」

「牛の仲間になりますよ。じゃあ次いってみましょう。立てますか？」

「それは、立てますけど、こんなに早く出たらお店に失礼じゃ」

「まわりをよく見てくださいよ。私たちが一番長居している客です。東京都の半分くらいの面積の国に七五〇万人が暮らしてるんですから、どの店も回転数が命です。埋単《マイダン》！」

お勘定、の意味だとすぐにわかった。会計作業も恐ろしく速くて、おごってもらってしまったと気づいたのは、次のバスに乗ったあとだった。バス、バス、地下鉄。ルートマップアプリも見ずに次々交通機関を乗り継いでゆく。途中誰かにメッセージを送っているようだったが、俺の位置から彼の手元は見えなかった。恐らくマリアンさん宛《あて》ではないのだろう。

俺の腹ごしらえに付き合っているだけではなく、彼には目的地があるのだろうか。

最後のバスがたどり着いたのは、香港の中心地とおぼしき場所だった。観光客の数が調景嶺とは段違いで、巨大な一本道の左右には、高級ブランドや大きなホテルが軒《のき》を連ねている。香港の銀座《ぎんざ》という感じだ。目抜き通りだろう。ヴィンスさんは迷わず、ハイジュエリーの並ぶアーケードを通り抜けて、高級ホテルのラウンジを訪れた。アフタヌーンティーの予約はいっぱいですが、という英語の案内に広東語で何かを返すと、俺たちは窓際の席に案内された。注文を取られるので、俺は紅茶を、ヴィンスさんは水を。誰かのようだ。

さっきの店とは違って、注文後に三秒でお茶が出てくるようなことはなかった。

「ヴィンスさんは、お腹が空かないんですか」

「ここではあまり。懐かしいな、ここですよ。私が最初に千ポンドの小切手をもらったのは」

サービスのお茶を噴きそうになった。ヴィンスさんはいつも淡々と喋るので、こういう時とても困る。いつボールが爆弾に変わるかわからない会話のキャッチボールのようだ。彼は話し続けた。

「ミスター・ジェフリーはとても嫌な男でしたよ。本当に嫌な男で、そういうふうに演出しているのがバレバレで、『全部わたしのせいにすればいい』ってところまで見え透いている。権力者らしい権力者にもほどがある。最初は腹が立ったんですが、この店の雰囲気と千ポンドの魅力で、まあ籠絡《ろうらく》されました。当時の金額で、二十万円弱かな。目先の金ですよ」

「…………」

「血は争えない、って思ってますか？」

「そんなことはないです」

「言いきりますね」

「何度でも言います。そんなことはないです。人によって全然事情は違うのに、血縁も何もない」

「正論だな。まあ、私は百パーセントそうだとは思いませんが」

「そんなことは」

「お茶が来ましたよ。お茶菓子付き。誰かが喜びそうですね」

「…………」

紅茶は、瑠璃紺《るりこん》と金の縁取りの白いカップに入っていて、小さなマドレーヌとフィナンシェが、同じ柄のお皿にちんと乗ってついてきた。ヴィンスさんの水はヨーロッパのものだ。給仕の女性がヴィンスさんに、早口に何か話しかけ、ヴィンスさんも早口に返す。きっと広東語の人たちが日本語の会話を聞いたら、何ともゆっくり話すものだと思うのだろう。

「ミスター・ジェフリーの最高だったところは、私が小切手の金を使う様子がないことに気づいても、『早くお父さまがよくなるといいですね』って、心配そうな顔で何度も言ってくれるところでしたね。反吐《へど》が出る」

短く、濃淡のない、罵り文句だった。それは、テーブルのどちら側にいる人に対する言葉だろう。ヴィンスさんの向かい側にいる相手に？　それとも彼自身に？　どちらでもあるような気がする。

でも、それはそんなに悪いことだろうか。

瓢箪《ひょうたん》から駒《こま》で手に入った大金をとっておいて、学費に充当したいと思うのは、そんなに悪いことだろうか。俺だって裕福な家に生まれてきたわけではない。ひろみの稼ぎだけでは、あこがれた先生と同じ私学の入学費に足りなくてアルバイトをした。あの時、真面目に、空から金がふってこないかなあと思っていたのをよく覚えている。お金を得る方法が不誠実だったから、ヴィンスさんは苦しんでいるんだろう。でも、それはそんなに悪いことなのか。

カップの取っ手に手を置いたまま、俺が怖い顔をしていたせいだろう、ヴィンスさんは呆《あき》れた顔をした。

「念のため言っておきますが、中田さん、私は後悔していないんです。どうせ父のために薬を買っても、せいぜい寿命が七十年になるか八十年になるかの違いで、私とマリアンが彼の面倒をみなければならない時間が延長されるだけでした。だったら早く終わらせたい。そう思って実行したことを、間違っていたとは思いませんし、二度目があっても同じことをすると思いますよ。私は合理的なことが好きなので」

「……俺が言うのも変な話ですけど、そういうことを言うと、少し、つらくなりませんか」

「確かに広東語でこんなことは言いたくありませんね。でも日本語なら言える。困ったものですよ」

ヴィンスさんは口の形だけで笑った。リチャードの言葉を思い出す。エトランジェ。言葉と言葉のはざまで、この人も自分の心を見極めようとしているのかもしれない。

こまめに様子を確認してくれる、給仕の人がいなくなったタイミングを見計らって、俺は居住まいを正し、会話のボールを投げた。

「マリアンさんに会ってあげてください。それに体調が回復したら、きっと自力で探しに来ると思いますよ」

「時間の無駄だと伝えてください。いや、伝えなくて構いません。私が自分で伝えます。電話で構いませんか？　おつかい、ご苦労さまでした。私の関係者のせいで、とんだとばっちりでしたね」

「…………どうしてそんなことをするんですか？」

ヴィンスさんは眉を片方持ち上げた。どういう意味です？　と剣呑《けんのん》に問い返すような顔だ。

言わせたいのか。俺に全部。それこそミニチュアのリチャードのように。

「ジェフリーさんからもらったお金だけじゃ、マリアンさんの手術の費用には足りませんよね」

「……ん？」

「言ったでしょう。親族に医療関係者がいるんです。確かにアメリカでは、腎移植の手術をしてくれるそうですけれど、それは大金を積んだ場合ですよね。高額な保険に加入していない人が、すぐに手術してもらおうとしたら、デポジットから手術費用まで、最低でも数千万から数億円は必要になるはずです。二十万を十回じゃ全然足りない。じゃあ足りないぶんの費用は、どこから出てきたのか」

俺の頭の中にはもう、一つの答えが浮かんでいる。お金がないヴィンスさん。お金のある富豪の少女。マリアンさんの手術のタイミングは、ヴィンスさんがリチャードと別れて間もなくだろうから、ひょっとしたらヴィンスさんがどこからか借金をして、オクタヴィアがそれを肩代わりする形での援助だったのかもしれない。

もし俺の推測が当たっているのだとしたら、オクタヴィアはジェフリーどころではない金額をオファーしたことになる。単位は億。自分の数年のキャリアをなげうって、あやつり人形のように動かされるとしても、納得できるかもしれない金額だ。何よりそれで大切な人を助けることができるのであれば、是非《ぜひ》もない。

ヴィンスさんの表情は変わらない。彼は冷たい表情で俺を見ている。ふーんの顔だ。俺にはそれが、彼なりの答え合わせのように見えた。大間違いだったとしたら、もっと呆れた顔をされている気がする。

「……ヴィンスさん、そろそろ終わりにしませんか。ずっとこんなことをしていたら、ヴィンスさんもリチャードも俺も、つらいです」

マリアンさんの手術は、もう終わっているのだ。報酬《ほうしゅう》は先払いだったのだろう。予後も順調だという。ヴィンスさんがこれほどまで、愚直《ぐちょく》にオクタヴィアに尽くす理由はないはずだ。それとも他に、何か義理立てする理由があるのか。だとすればそれは、俺やリチャードの手助けで、どうにか解消できるものではないのか。事情を説明してほしい。

何秒もの間、俺がヴィンスさんの瞳を見つめたまま黙り込んでいると、彼は瓶《びん》からグラスにうつしたミネラルウォーターを一口飲んだ。汗をかいたグラスを細い指が撫でる。雨の日の窓ガラスにお絵かきをする、子どものような所在のなさだった。

「……私の祖父は最期まで、どうしたら世界がよくなるのかをずっと考えていましたが、どうにもなりませんでした。葬式《そうしき》に来てくれたのは近所の人だけです。友達らしい友達もいなかった。寂しかったでしょう。生き方を間違えたんだと、彼のせいで苦労させられた父はよく言っていました。理想と現実を天秤《てんびん》にかけたら、現実のほうが重いに決まっている。それなのに現実を無視して理想を取ろうとするから、心がそれについていけない。誇《こ》大妄想《だいもうそう》に取りつかれたりしないで、女房の一人くらい幸せにしてやれる生き方を考えればよかったのに、そうすれば母親の指輪を息子に渡して『これを母さんだと思いなさい』なんてみじめなことを言う人生を送らないで済んだのに、って」

母親の指輪を息子に。

ヴィンスさんは薄く笑っている。左手はポケットの中にしまったままだ。さっき彼が指輪をしまっていた場所である。手の平に載せていた時には、今にもどこかに消えてしまいそうなくらい、小さくて可憐《かれん》な細工物に見えた。淡いピンクで、いっそ子どものおもちゃのようにも思える。

「中田さん、私の指輪の鑑定、お見事でした。ですが一つだけ、あてがはずれたことがあります」

「……何ですか」

「真贋《しんがん》ですよ。この珊瑚の指輪は偽物《にせもの》です。本物の珊瑚じゃない」

俺は唇を引き結んでいた。ヴィンスさんは何でもない顔のまま、言葉を続けてゆく。

「確かにこれは、私の祖父が大事にしていたものでした。そもそも国を離れるときに換金しなかったのがその証拠だと、父は常々言っていました。彼は大して宝飾品には興味がなかったようですが」

「…………」

「言うまでもなく、過去のパンダの国は偽物大国です。強大な王朝が存在し、圧倒的な芸術品を作り上げてきたからこそ、昔からフェイクがのさばっていた土地なんですよ。この程度の細工物なら、それこそ故宮のお土産《みやげ》コーナーで売っているんじゃないですかね。大したものじゃない」

そう告げた時、ヴィンスさんは俺の顔を見ていなかった。

彼は口の形だけで笑っている。

これは大したものじゃないと、他でもないヴィンスさんが言うのか。

俺は無言で手を上げて、フロアのスタッフを呼んだ。足音を立てずに近づいてきた男性にお願いをする。突然このようなことをお願いして大変心苦しいのですが、と。

「白熱光を発するランプを貸していただけませんか。ご迷惑にならないようにします。ここで使いたいんです。短い時間で構いません」

「……白熱光？　中田さん、何をする気です」

ヴィンスさんの問いかけは無視して、俺はスタッフに話し続ける。

「自分は宝石商です。こちらにあるのは珊瑚の指輪。珊瑚の真贋を確かめる場合には火であぶる方法が一般的ですが、火の代わりに電球を用いることも可能です」

「中田さん。ちょっと、中田さん」

「珊瑚の偽物を作る際は、プラスチックや樹脂《じゅし》、あるいはガラスなどが用いられます。炭酸カルシウムに比べればいずれも融点が低い。火を当てなくとも、熱い場所に長時間置けば表面がすぐに溶け出します。ですが本物の珊瑚であった場合は無傷で」

「中田正義！」

ロビーラウンジで食事をしている人々の目が、一斉に俺たちのテーブルに注がれた。

テーブルに半身を乗りだし、俺をにらみつけるヴィンスさんは、息を荒げていた。俺はそれを静かに見つめ返す。正直心臓がバクバクしているが、もしここにいるのがリチャードだったら、相手にそんなことを気取らせはしないだろう。

萎縮《いしゅく》していたスタッフさんに、それでライトは？　と尋ねかけられ、俺は首を横に振った。いいえ、やはり結構です。

答えはもう出たので。

再び二人きりになったテーブルで、俺はヴィンスさんの凶相をにらみ返した。

これでもリチャードの一番弟子だ。この場合の一番弟子とは、今のところ他には弟子がいそうにないのでという消去法的な一番なので、ちょっと寂しいのだが、いずれにせよ俺はあの男の名前を背負っていることには変わりない。

アメリカから日本、そして香港という強行軍だから、ろくに調べもしないで臨《のぞ》んだとでも思っているのか。おかげで疲労困憊《こんぱい》の時差ボケで飲み会に出席することになりはしたが、甲斐《かい》はあったようだ。

偽物を本物だと、本物を偽物だと、その場の雰囲気で言いくるめられるような人間ではないつもりだ。それでなくとも、預かっていた間に感じた指輪の感触は、プラスチックにも樹脂にもない、ひんやりとしたものだった。本物だろう。この指輪も、ヴィンスさんのマリアンさんへの優しさも。

やっぱり俺はこの人を嫌いになれない。

「……ヴィンスさんも」

「は?」

「ヴィンスさんも、お父さんと同じように考えているんですか」

寂しい生き方だ、生き方を間違えたんだ、女房一人くらい幸せにしてやれる生き方を考えるべきだったと、そう思っているのか。

違うだろう。少なくともさっきヴィンスさんが俺に聞かせてくれた物語は、まるで彼の生き方の引き写しのようだった。

怒りをおさめるためか、あるいは他の理由か、ヴィンスさんはしばらく黙りこんでいた。だがこれ以上俺に喋らせる気はなかったようで、彼は悟ったように口を開いた。

「そうですね……昔はそうでした。でも今は、考えが変わりました。別に寂しくてもいいんじゃないかと思うので」

後悔がなければ、と彼は続けた。後悔?

「理想と現実を天秤にかけたら、現実のほうが重いのは当たり前です。現実は目の前に迫ってきますけど、理想は自分の頭の中にしかありませんから。でも、そんなことはわかりきった上で理想をとれるなら、まあいいんじゃないかなと。苦しむ覚悟がちゃんとできているなら、あとはもう、どうにでもできる。すみません、中田さんの嫌いな全然具体的じゃない話ですが、こういうのはリチャードの得意技でもあったので、昔の上司の教育が悪かったとでも思ってください」

「…………言いたいこと、先回りして言わないでくださいよ」

「それも昔の上司の教育が悪かったせいですかね」

「かもしれませんけれど、恨んでもいない相手を、憎んだほうが楽になるなんて言うのは、絶対に昔の上司の影響じゃないと思います。今でもずっと考えてるんです。あれは何だったんですか」

　豪華客船の甲板で、この人は確かに言った。

　リチャードとは距離を置いたほうがいい。それが結果的には俺のためになると。絶対にそんなことは、ない。特大極太のフォントで模造紙に刷りだして主張したいほど、俺にとっては明らかな事実だ。誰にとってもそうだと思う。リチャードとの出会いによって何かもうまくいかなくなったというヴィンスさんにとってすら。

　あいつはそんなふうに苦しんでいる誰かを、見過ごすことができるような男じゃない。

「…………あなたは、怖いと思ったことはないんですか」

「えっ？　怖いって……何をですか」

「あなたの上司を」

　耳を疑うような言葉だった。ヴィンスさんの顔は真面目だ。悲しげですらある。

「……それは、顔が美しすぎて怖い、なんて話じゃないんですよね」

「殴りますよ」

「殴り返します。すみません、そういうことを思ったことは、多分ないですね。怖いって、近づきたくないって気持ちの親戚でしょう。思ったことはありません」

「やれやれ。じゃあ、質問を変えます。あなたはリチャードの傍にいたい、近くにいて支えたいと思ったことはないですか。助けになりたいとか、手伝いたいとか」

そんなこと。ありますあります、たくさんありますと、俺は手の平を返したように答えた。それはリチャードを怖がるのとは、対極にあるような気持ちだろう。むしろリチャードと友達になりたいか否かの問題だ。そしてその点は、ありがたいことに、フランスで決着がついたように思う。ありがたい。つらい時思い出せば、何があっても生きていける気がするくらい嬉しい思い出だ。

後半は自分の胸に留めておいたが、そういうことなら日々思っているし、そうなれるようつとめています、と俺は正直に答えた。ヴィンスさんはさっきと同じ、呆れたような悲しむような顔で俺を見ている。ホテルのラウンジには静かな音楽が響いていた。

「中田さんは、幸せな人ですね」

「え？」

「あなたのポジションは、超のつくようなレアキャラです。あの男が怖くなくて、あの男の支えになりたいと願う。そんなやつ、他にはどこにもいないんじゃないかな」

「……どうしてそんな」

「いない、は不正確でしたね。もっと正確に言うと、リチャードはそんな人間を求めていないんです。求めていなかったんですよ。あなたに出会うまでは。でもあなたがきっかけなんだから、そうだな、あなたにわかるはずがないか」

　俺に出会うまでのリチャードは、俺の知っているリチャードとは似て非なる人物だったと、ヴィンスさんは言った。確かに言った。ちょっとよくわからない。

「私の知っているあいつは、あなたの知っているリチャードほど、いいやつじゃなかった。いつも微笑んでいて、美しくて、完璧で、弱みなんか見せなかった。人間じゃないみたいだった」

「……いや、それは、違うと思いますね」

「違いません。同じ人間であるとしても、私と同じ高さの階段には立っていない人間だった。私があいつを助けるなんて、貴族に平民が施しをしようとするようなものだ。侮辱《ぶじょく》を与えられたような顔をされるのがオチです」

「違います」

「あなたにはそうじゃない」

「違う。他の誰にも、あいつはそんなことはしない。何かの間違いだ。あいつは優しすぎて苦労してきた男なんですよ」

　頑固だな、とヴィンスさんは笑った。頑固はどっちだ。彼はまだ、呆れたような顔をして笑っている。

「じゃあ、いいことを教えてあげます」

いいこと。何だろう。この状況では言葉通りの意味とは思いがたい。眉間《みけん》に皺を寄せる俺に、ヴィンスさんは微笑みながら告げた。

「あなたはリチャードにこう質問してみるべきでしょう。『どうして俺を雇ってくれたんだ?』って」

「……え?」

「シンプルでしょう」

それはもちろん、銀座のエトランジェの開店のための、雑用人員が必要だったからで、と俺が言いかけると、ヴィンスさんは首を横に振った。

「それは理由の一つにすぎません。他にもあります。あいつは覚えているはずだ」

覚えているって、何を。

多分答えてもらえないだろうと思いながら質問するのにも慣れた。だがヴィンスさんは、意外なことに、今回は素直に教えてくれた。少し笑いながら。

「私にも多少は人間らしいことをしていた時代がありましてね。別れ際にあいつと約束したんです。約束の内容は、秘密。でもあなたにも少しは関係があるかもしれない」

「………………」

「内容はリチャード本人に質問してみてください。私から言えるのはそれだけです」

　俺が食ってかかる前に、ああそれから、とヴィンスさんは言葉をかぶせた。

「言い忘れていましたが、私があなたにあれこれ説明しないのは、時間の無駄だからです。どうせすぐにわかることを、前もって話しておく必要がありますか？　私のことなんかリアリティーショーの来週の展開くらいに思って、試験や宝石のことを考えていてください。それが健全な生活ってものでしょう。大丈夫ですよ、そんなに悪いことにはなりませんから」

　始終テンションの低い声で、ヴィンスさんは言う。この人には何が見えているんだ。そんなに悪いことにはならないなんて、まだこれから何か起こると言っているようなものだろう。俺はそれを知りたいだけなのに。

　俺が再び眉根に皺を刻むと、ヴィンスさんは面白そうに笑い、手をあげた。マイダン、と言う。お勘定だ。今度は俺が払おうとすると、ヴィンスさんは押しとどめた。

「せっかくの先輩後輩文化圏同士なんですから、ここは私が払うべきでしょう」

「……いつかあなたと俺は、一緒に食事に行ったりできる関係になると思いますか」

　俺の質問に、ヴィンスさんは一瞬、素の顔を見せた。何を言っているんだこいつはという驚きと、緊張の顔。会計の声をうけて、係の人がやってくる。クレジットカードで決済を済ませると、ヴィンスさんは再び「ふーん」の顔に戻って、ぼそぼそと言った。

「驚きだな。誰かと全く同じ質問だ。仕込みがあったんですか？」

「…………いえ、別に」

「なら、以心伝心ってやつかな。やれやれ。あいつとのことには、もう答えは出ています。そんなことにはならなかった。食事になんか行かなかった。あなたと私の関係には、まだ答えは出ていませんが、多分ならないでしょう。そもそも私はそんなに誰かと一緒に食事に出かけるのは好きじゃないので」

「今回は特別だったんですね」

「スーパー特別ですね。これでも香港人なんですよ。あなたの香港の思い出がまずい朝食だけで終わるなんて、食の国の人間として許せません。じゃ、行きましょうか」

ホテルの正面玄関から外に出ると、薄暗い室内とは対照的に、晴れた海辺の日差しが眩《まぶ》しかった。そして対岸の天を突くような高層ビルの数々、銀行の看板。俺たちが今立っているのは九龍《クーロン》半島で、対岸に見えるのが香港島、金融街を擁《よう》するこの国の心臓部である。頑張れば泳いで渡れそうな距離だが、確かフェリーが行き来しているはずだ。遊泳する人の姿はない。ビル、ビル、ビル。沿岸部はずっと高層ビルが林立するばかりだ。

「……ここは、日が暮れたら夜景がきれいに見えそうですね」

「時間があるなら観光していくといいですよ。私の案内はここまでですが」

「今度はどこへ行くんですか。オクタヴィアさんの指示ですか」

「今日はオフです。誰かに付きまとわれていなければ、今頃寝ている予定でした」

「……どこか具合が？」

「そんなわけないでしょう。漫画読んでゲームして寝るだけですよ。彼女は暴君じゃないんです。必要に応じて指示を与えてるだけで、それ以外の時には何をしても自由。とりあえずは、マリアンに連絡をします。会う気はないと理解してもらわなければ」

「……じゃあどうして結婚なんかしたんですか！」

「そうでもなきゃあの女が私の腎臓を使おうとしないからに決まってる」

臓器売買の疑いをもたれない期間、書類上の関係を続けたら、さっさと離婚する予定だと。

腹が立つのを通り越して、俺はだんだん悲しくなってきた。どうしてこの人はこんなことをしているんだ。傍にいるだけで苦しくなってくる。好きでもない女性に自分の体の一部を与えようとする人間はいないだろう。調景嶺で俺に食ってかかったヴィンスさんの剣幕も推論を裏付けてくれた。この人たちはまっとうな妻と夫になれるはずだ。

それがどうしてこんなことに。

私は地下鉄に乗りますのでと、海に背を向けて歩いてゆくヴィンスさんを、俺は駄目押しのように引き留めた。ついていこうと思えば、ついてゆけるだろう。そしてヴィンスさんはどこか、香港滞在用に借りるか転がり込むかしているところで寝ながら漫画を読んでゲームをして、俺がどれほど吠《ほ》えかかっても嫌な顔をするだけで、知りたいことは話してくれないだろう。だったらついてゆく意味はない。

今ここで、やれるだけのことはやっておかなければならない。

「ヴィンスさん。調景嶺にいた理由を、お尋ねしそびれてました。もうあそこには、家はないんですよね。だったらどうして」

あそこで武道なんて？　と。

「私の最初のジークンドーの先生は祖父でした。ブルース・リーの大ファンで、映画を観て憧れて、年甲斐《としがい》もなく手を染めたら、玄人《くろうと》はだしにうまくなったんですよ。ひょっとしたら彼に直接教えを乞《こ》えたかもしれないって昔話を自慢にしていた可愛《かわい》い人で、今はあの駅の近くのお墓でのんびりしていて、孤独は苦しくても、怖くはないと教えてくれた老師でもあります。引っ越したあとも、午前中、定期的にあそこで練習していたのをマリアンは知っていましたから、香港にいるならそういう可能性もあると踏んだんでしょう、大当たりでしたよ」

それじゃあと手を振って彼はまた歩き始めてしまった。この道は人通りが多い。まだだ。まだ終わっていない。

「あのう！　俺とあなたとのことには、まだ答えが出ていないって言ってくれましたけれど！　リチャードとあなたのことにだって、答えなんか出ていませんよ！　だってまだ、十分に話し合っていないでしょう。最後まで絶対に『答え』なんか出ないはずです。諦《あきら》めない限り！」

　あーあ、という感じでヴィンスさんが振り向く。鬱陶《うっとう》しい、という顔で俺を見ている。振り返ってくれたことにつけあがり、俺は距離を詰め、バックパックを背中から下ろした。バッグで殴打されるのかと、ヴィンスさんが一瞬身構えたのがわかった。冗談じゃない。忘れてしまったのか。

「これ」

　俺はバックパックの背中側から、四角い厚紙の箱を取り出した。プレゼントボックスではない。包装紙はかけられていないからだ。ただの型崩れ防止である。

　中にはシャツとタンクトップが一枚ずつ、ビニール袋に包まれていた。クリーニングにかけられて半年近くが経《た》とうとしている、カリブ海で貸してもらった誰かの服である。

「受け取ってください。その節はお世話になりました。謹《つつし》んでお返しします」

「中に長大なお手紙でも入ってるんじゃないでしょうね。読みませんよ」

「入っていませんよ。借りたものを返すだけです」

「ふーん。まあ、どうも。ありがたく受け取っておきますよ。捨ててしまえばよかったのに」

「『捨てられるものと捨てられないものがある』って、俺の母が言っていました」

「……ふうん」

最後の声は、少し、いつもとはトーンが違った気がする。

もっと他に何か言えることは、できたことはなかっただろうか。ヴィンスさんの後ろ姿を見ているといつも同じことを考えている気がする。次こそは、彼をこんな気持ちで見送らなくても済みますように。

クリーニング済みの服を、気に入らない鞄《かばん》か何かのように振り回しながら、ヴィンスさんは雑踏の中に去っていった。本当に、嫌いになれない人だ。ヴィンスさんだって、俺から受け取ったものを捨てないくせに。


香港の銀座・中央通りの名前は『ネイザン・ロード』であるらしい。交通標識にそう書かれている。漢字表記とおぼしき『彌敦道』の上に、英語でネイザン・ロードとあるのだ。ロードはともかく、何故『彌敦』が『ネイザン』になるのか、俺の知識では考えても考えてもわからない。そしてこれからどうすべきかもわからない。もっとヴィンスさんを探し回って歩き回る可能性を考えていたので、帰りの飛行機は夜の十時だ。その間どうしたものか。

観光をする気分にはなれない。だが家族にお土産《みやげ》くらいは買うべきかもしれない。すっきりしない気持ちをぶらさげながら、繁華街を歩いていると、俺は突然、声をかけられた。

チャキチャキした英語の女の子で、頭にストールを巻いていた。

「こんにちは。道をお尋ねしてもいいですか？」

「……すみません、自分は観光客なので地理には疎いんです。でも地図アプリはあるので、よろしければ」

「ナイスなお返事。でも危ないなあ。今どき誰だって携帯端末でマップくらい見られるのに、わざわざ道を聞く若い人なんて珍しいと思わない？　ひどいお人よしだよ。場合によってはリチャードよりひどいかも」

「……え？」

どなたですかと俺が尋ねると、女の子はからからと笑った。とても嬉しそうな顔で。顔。

よく見ると、左半分の皮膚が、何だか不思議な色に見えてくる。上から下まで全部同じ肌色なのだ。ああそういう手術をした人なんだなと、よく見ればわかる。最初の一瞬ではわからない。うまくいったんだなと、何故か思っていた。俺はこの人を知っている気がする。

赤っぽいリップの唇で、にやにや笑いながら俺を見ていた女の子は、どこか勝ち誇ったような顔をしていた。

「こんにちは、セイギさん。名代として呼びに来ました。香港旅行のタイミングとかぶっていたのはラッキーね。一度お会いしてみたかったの」

「失礼ですが、お名前をお伺《うかが》いしても……！」

「あら、シャウルは話したって言ってたのに。ひょっとして忘れた？」

インパクトのない生い立ちだったのかな、と彼女はふざけた。忘れるはずがない。忘れるはずがないが、信じられないという気持ちもある。

もう一度顔をストールで覆《おお》った彼女は、今度は大人っぽい表情で、にこりと笑った。

「モニカです。マニックでもいいけど、最近はモニカって呼ばれるほうが多いわね。さあ、私のお父さんが待ってるわ」

数々の結末のわからない物語を抱えていた俺の胸の内で、何かが成仏するような、泡が弾けるような音が聞こえた気がした。手術が成功したのかどうかまで、シャウルさんは聞かせてくれなかった。これは大成功と言うべきだろう。

生まれ故郷でひどい目に遭ったはずの女性は、俺の前できらきら輝くような笑顔を浮かべていた。

モニカさんは俺に、とある住所を教えてくれた。最近の地図アプリは有能で、数字を打ちこめば昇降すべき地下鉄駅の出入り口から徒歩経路まで全て教えてくれる。高校生の頃はわからないが、俺が中学生の頃にこんなに便利なものはなかった。そしてまたすぐに、より便利なアプリが開発され流布するのだろう。

世界は変化してゆく。

対岸へ渡るフェリーの上で、俺はずっと海を眺めていた。アプリの中では青い色に置き換えられるフィールドに、波が立つ。風が吹く。観光客のスマホのシャッター音がする。潮風の中をコンビニのビニール袋がくらげみたいに吹き飛ばされてゆく。

タクシー、もしくは公共交通機関を使えとアプリには表示されていたが、俺は歩くことにした。徒歩でも三十分以内だ。街並みはほとんど都内のように整っていて、治安を心配するようなところではない。

道のりはほとんどが、登り坂だった。

香港の土地利用の最小単位は、日本よりも明らかに小さい。中環《セントラル》と呼ばれるこの地域は、ビジネスビルにせよ飲食店にせよ羽振りがよさそうで大きめだが、大きな建物の隙間に、ほっそりとした観賞魚店やアクセサリーショップが身をねじこんでいる。鮮やかな色鉛筆がぎっちりと並んだ小箱のようだ。坂は徐々に、傾斜を増してゆく。道のりの途中で、人だかりのあるエッグタルト店を見つけたので、二つ買って歩きながら食べた。はちゃめちゃに熱かったがうまい。きっと誰かも同じものを食べたことがあるだろう。

たどりついた丘の上の一角は、不可思議な世界だった。さっきまで自分が歩いていた世界が『下界』に見える。アンティークショップや家具店が軒を連ねる中、苔《こけ》むした根をもつ南国植物が石壁に巻きついている。西洋の人が想像で描いた『アジア』の絵画の中のようだ。

もしかしたら小雨《こさめ》くらいは降るかもしれない。朝方は暑かったが、薄曇《うすぐも》りの空の下、少しずつ風がひんやりしてきた。

石壁の区切れる場所、大きな市役所のような建物の前に、見慣れた人が立っていた。

「ようこそ、中田さん。迷いませんでしたか」

「いいえ」

ご無沙汰《ぶさた》しております、ボス、と俺は頭を下げた。

ボスことシャウル・ラナシンハさん。リチャードと俺の上司であり、ヴィンスさんにとっても元上司だ。ラナシンハ・ジュエリーの取締役で、スリランカにおける俺の保護者でもある。お世話になっているが、スリランカを出る時には、彼も焼き討ち事件の影響で忙しく、必要最低限の言葉をかわす時間しかなかった。

チョコレート色の肌を持つスリランカ紳士は、肉厚の唇に不敵な笑みを浮かべてみせた。半ば白髪の口ひげがふむふむと揺れる。

彼の背後には、小さなショーケースを持つ宝石店が、ちんと存在していた。

一階建てのこぢんまりした佇《たたず》まい。壁にはジャングルの動物たちの絵が描かれている。このあたりはストリートアートが盛んな地域なのだろうか、さっきも同じようなものを見た。若々しい趣味だ。

ここが香港のエトランジェ。

銀座の店も、それほど広いわけではないが、それに輪をかけて狭い。テーブル一つと椅子三脚。ガラスではなく、木製のテーブルで、どれもアジア風の意匠に統一されていた。あとは湯沸かしや食器を置く棚一つがやっとというスペースだ。金庫を置く場所はあるのだろうか。この店なら一人でも十分だろう。というか店員が二人もいては、少し手狭になるかもしれない。

この店でリチャードの接客を受けたら、変な言い方だが逃げ場がなさそうだ。圧倒的な美貌《びぼう》と流れるようなトークで、気づいた時にはすすめられた宝石を買っていそうな気がする。

店の扉は閉ざされていた。店主が外に出ているのだから当然だ。

「今は勤務時間外です。シャウルで構いませんよ、中田さん。では、行きましょうか。すぐそこにカフェがあります。雰囲気のよいところですよ」

そこ、とシャウルさんは、市役所のような建物を指さした。飾り気のない階段の脇の、白い漆喰《しっくい》の建物には、警察官のクラブハウスと書かれていた。関係者以外立ち入り禁止ではないのか。大丈夫なんですかと尋ねると、シャウルさんはハハハと笑った。この人の笑い方は豪快だ。

「それは昔の話です。かつては警察関係者のための寮でしたが、今ではショッピングの楽しめる商業施設として再利用されています」

「こんな丘の上なのに……」

「中環の駅から来るべきだとアドバイスをされませんでしたか？　動く歩道が使えたはずです。のんびりやの娘にも困ったものだ」

「モニカさんのせいじゃありません。俺が歩きたくて……」

「呆れた若さですね」

　飾り気のない、コンクリートの階段をのぼると、いきなりおしゃれなカフェが現れた。大量のお酒のボトルとバーカウンターのあるお店で、芝生《しばふ》の上にはカフェテーブルもある。店内が手狭なら、お客さまとはここで商談をするのもいいかもしれない。

　ぐずついた天気のせいか、利用者の少ないテラス席に腰かけると、香港人ではなさそうな顔立ちのバーテンダーさんが注文をとりに来てくれた。シャウルさんとどこかの言葉で談笑し、俺はアイスティーを、シャウルさんはジンジャーエールを注文した。この人はリチャードほど飲み物の好みが厳しくない。スリランカで教えてくれたジンジャービアもとてもおいしかった。

　飲み物がやってくるまでの間の、ロスタイムのような時間に、俺は小さな質問をした。

「俺のいる場所をシャウルさんに伝えたのは、ヴィンスさんですか」

「そのようです。中継地点に兄弟子が活用されたようですが」

兄弟子。ということはリチャードだ。古い友人の愛娘と、香港観光をしていたはずが、とんだビジネストリップだとシャウルさんがふざけるので、すみませんでしたと俺は頭を下げた。あとでリチャードにもお礼の連絡をしておこう。

「謝罪は結構。何かお返しをしたい気持ちがあるというのなら、労働でお返しなさい」

「わかりました。あの……今回のことはヴィンスさんが俺を呼んだわけじゃないんです。俺がヴィンスさんの……身内の人と連絡をとって、追いかけただけで」

「マリアンですか」

知っていたのか。俺が沈黙すると、シャウルさんは再び笑みを浮かべた。この人のイメージは今も昔も変わらない。ランプの魔神のような人だ。あらゆることを見通しているが、おいそれと助けてくれるような人ではない。モニカさんの話を聞いた時に、少し伺《うかが》った経歴では、もともとお医者さんであったはずの人だ。イギリスで医学を修めたあと、国際NGOでの医療活動に従事し、その後ホスピスの運営を考えていたこともあったが、一念発起《いちねんほっき》して宝石商に転身、今に至ると。俺には想像もつかないような人生を送ってきた人だ。

初めて会った時、ヴィンスさんも俺に、シャウルさんのことを話してくれた。

それも、あまり好意的ではない口調で。

俺が以前からずっと話をするタイミングをうかがっていたのは、何もヴィンスさんだけではない。最後にシャウルさんと顔を合わせた時には、帰国の手続きやら何やらでバタバタしていて時間がとれなかった。今を置いて他に、チャンスはないだろう。

「あの……迷惑ついでに、幾つか質問をしても構いませんか」

「何なりと。そのために兄弟子の無茶ぶりに応《こた》えてやったようなものです。私に言いたいことが、いろいろたまっている頃合いでしょうしね」

「無茶ぶり？」

「こちらの留守録を」

そう言って、シャウルさんは俺の耳に彼のスマホを当ててくれた。英語の留守録メッセージが流れる。お預かりしているメッセージは四件です。一件目。プーという音のあとに、聞きなれた誰かの英語音声が流れた。

『こんにちは。リチャードです。今は香港においでですね？　先ほどヴィンセントから連絡がありまして、正義《せいぎ》と香港に滞在しているそうです。尖沙咀《チムサーチョイ》周辺です。安全のためピックアップをお願いします。詳細な場所はメールしておきましたのでご確認ください。折り返しお返事を。では』

二件目。

『こんにちは。先ほどのお電話の件ですが、まだ折り返しのお返事をいただいておりません。よろしければ早急にご確認ください。こちらは好天で、窓を開けながら走ると大変快適です。よろしくお願いいたします』

三件目。

『師匠、お電話のお返事がまだです。それからペンディングになっていたエメラルドとルベライトの件ですが、お買い上げとのご連絡をいただきました。キープをお願いいたします。ダイヤモンドはキャンセル、ＶＶＳ１なら欲しかったとのこと。買い付けの件に関してはメールいたしました。そちらも合わせてご確認ください。では』

四件目。

『………香港へのウェブチケットの予約画面を開いていますが、こちらからですと、直行便でも六時間はかかります。六時間の間に正義の身に起こる可能性のあるトラブルを想像するのは耐えがたい苦痛です。あなたは現地にいるというのに、何故こんなことをしなければならないのか、私には理解できない。ともあれシドニーでの業務は終了しました。聞いていらっしゃいますね？　お返事を。それでは』

プー、という音で、メッセージは終わった。消去しますか？　という声が聞こえてきたところで、スマホを構えたシャウルさんの手が引っ込んでゆき、メッセージを消去した。今のは一体何だ。シドニー？　あいつはオーストラリアにいるというのか。

俺が顔を見ると、スリランカ紳士はくたびれた顔でため息を吐いてみせた。

「『何故こんなことをしなければならないのか、私には理解できない』はふるっていましたね。一から十まで私の台詞《せりふ》です。私には彼の流儀はわかりませんが、世が世であれば、あなたはどこへ出かけるにも彼に外出許可を求める必要があったかもしれません」

「……東京でのことで、リチャードにはめちゃくちゃ心配をかけたんです。あいつが時々俺のこと子どもみたいに扱うのはそのせいで……今回は東京経由だったし、電話なんかして、心配もかけたし……すみません、俺のせいで」

「お気になさらず。愚《おろ》かな弟子に限らず、私にはわがままな友人が多いものでしてね。こういった依頼を受けることも珍しくはありません。お人よしのわが身を恨むとしますよ」

「すみません。ちょっと俺からも、言っておきます」

「期待しておきます」

ストーカー事件のあと、一時的に心身症を起こしていた俺は、スリランカで見事に回復した。と言えればいいのだが、現実はそんなに単純ではなかった。正直に言えば、滞在の初期にも、もう日本にいるわけでもないのに気分が悪くなったことはあったし、夢見が悪くて飛び起きたこともあった。だが南国での生活に慣れ、好きな食堂が何箇所もでき、ご近所さんとおかずの交換などしていると、そんな不調も笑えるようになってくる。そもそもどうしてスリランカで日本の幻影におびえる必要があるのか、これはもうどこにいても同じなのではと逆に考えられるようになった頃、大学生の時の悪夢が、随分《ずいぶん》遠い昔のことに感じられた。

ともあれ心配してもらえるのはありがたい話だ。でも心配ないからなと、リチャードにはきちんと伝えておこう。今回はちょっと恥ずかしかったし、シャウルさんにはとんだとばっちりだ。

アイスティーとジンジャーエールが到着する。レモンをつけてくださいと言っておいたら、まるでバーのライムのような銀色の串にささって、らせん状に剝《む》かれたレモンが一切れ入っていた。ジンジャーエールにはミントが浮かんでいる。雨はまだ、降ってこない。

質問を忘れてはならない。

「一つ目の尋ねたいことは、シャウルさんが俺を雇ってくださった理由です」

「もちろん、あなたが希望してくださったからに他なりません」

それは、その通りだ。研修の話をくれたのはリチャードだし、受諾してくれたのはシャウルさんだが、俺が「お願いします」と頼まなければ、こういう状況はなかっただろう。

それにしても。

「豪華客船で会った時に、ヴィンスさんが言っていたんです。シャウルさんが俺のことを大事に扱ってくれるのは、リチャードを繫ぎとめておくためだろうって」

「ふむ。悪くないやもしれませんね。何よりあなたは、イギリス貴族のオナラブルが掌《しょう》中《ちゅう》で慈《いつく》しむかけがえのない珠《たま》であることですし……笑っていますね。冗談を言ったように聞こえましたか？」

「す、すみません。電話の件は俺からも言っておきます。それでもやっぱり」

本当の理由をお尋ねしたくてと。

この人とは本当に、どんな喋り方をすればいいのかよくわからない。敵対者に対峙《たいじ》するような緊張感と、冗談はきついが頼れる年上のおじさんに絡まれているような和《なご》やかさが、両方胸の中にあって、場合に応じてそれぞれのリアクションを使い分けなければならない。日本で頑張っていた俺の友人たちも、慣れない上司と話す時には、こんな緊張感を味わっているのだろうか。会話が途切れるのが少し怖い。相手が何を考えているのかわからないからだ。

シャウルさんはお馴染みになった魔神的な顔で笑うと、試すように俺の顔を見た。

「あなたは？　あなたは、私をどのような人物だとお考えですか」

「……尊敬しています。感謝もしています。でも正直なところ、俺に宝石商の修行をさせてくださることで、シャウルさんにどんなメリットがあるのかは、まだよくわかりません。百パーセントご厚意とは、思っていないんですが」

「大変よろしい。世の中には百パーセントの善意も悪意も存在しません。全てはグラデーションの中に揺蕩《たゆた》っています。さながらラブラドライトの煌《きらめ》きのように、あるいは黒真珠の艶《つや》のように」

シャウルさんは褐色《かっしょく》の指をゆらめかせる。舞台俳優のようだ。口ひげはいつも整えられていて、視線の一つひとつまでもが計算されているように感じる。ダンディという言葉は、こういう人のためにあるのだろう。

「しかし、リチャードを繋ぎとめておくためとは笑わせる。あのイギリス人は最近私のことを便利な小間使いか何かと勘違いし始めたようで、暇さえあれば連絡を寄こして、あなたに教えるべき宝石のいろはのカリキュラムなどを立てているのですよ。私に言わせるならば、あの小うるさい兄弟子よりも、あなたのほうが何倍か魅力的な人材です。素直で聞き分けがよく、我の強いところはあるものの傍若無人《ぼうじゃくぶじん》というほどではなく、好奇心旺盛《おうせい》で学習意欲に富んでいる。いかがですか、将来的には銀座の店をあなたが回してゆくというのは」

「え？」

話がいきなり飛躍した。銀座の店というのは、もしかしなくても。

「お、俺がエトランジェを？　……一人で？」

「将来的には、です。必要であればアルバイトを雇うのもよいのでは？」

冗談のような台詞だ。俺があの店のリチャードの椅子に腰かけて、アルバイトにお茶をいれてもらうのか。夢物語のようだ。だがシャウルさんは、そういうことも考えているらしい。あくまで可能性として。

だがもし、そうなったとしたら、リチャードは？

その時、リチャードはどこにいるんだ？

俺がそう尋ねると、シャウルさんは肩をすくめた。

「さあ。どうするのか。あの男はつい最近まで、不本意な旅暮らしを続ける羽目になっては、まっとうな人間関係の構築も儘《まま》ならない状況に置かれていたようですからね。今後の身の振り方をどうするのか、そろそろ結論が出てもいい頃合いでしょう」

そう言って、シャウルさんはジンジャーエールを一口飲んだ。俺の中で、胸のつかえがしゅんわりと溶けた。

俺を銀座にという話は、俺ありきの話ではないのだ。リチャードありきの話なのだ。シャウルさんはリチャードを縛るどころか、実家の因縁が解消された今、あいつがどうしたいのかを見定めているということか。ほっとする。シャウルさんが俺をどう扱いたがっているのであれ、俺だってデク人形ではないので逃げる時には逃げるし好待遇には全力で食らいついてゆく所存だ。でも俺ではない、俺の大事な相手のことを、シャウルさんが真摯《しんし》に考えてくれているのは嬉しい。

やっぱりこの人はリチャードの『師匠』だ。

俺が沈黙していると、シャウルさんは笑い始めた。

「やはりあなたのほうがいい。あのバカ弟子であれば今頃『裏がありそうで怖い』と言い始めるところです」

「あるんですか」

「もちろんですとも。リチャードのため、という言葉をちらつかせれば、あなたは私の思い通りに動く。しかもそうとは感じないままに。これほど素晴らしいことはありません」

「それはそうかもしれませんけど、実際そうなったら俺も嬉しいですし、ウィン・ウィンってことじゃないでしょうか」

「日本人ならせめて『一挙両得』とでも仰《おっしゃ》い」

まったく、と言いながらも、シャウルさんはまだ笑っている。本当に裏があるのだとしたら、それを簡単に明かしてくれるような人ではないだろう。そしてこの人の言葉に俺は欺瞞《ぎまん》を感じない。自分で自分をごまかしている気配がないということだ。だったらもう、それでいい。俺のほうだって、彼のプランに全部身を預けると決めているわけでもないのだし。

座ったままだったが、俺はぺこりと頭を下げた。

「……公務員試験のことも、見守っていただいて、本当に感謝しています。自分の身の振り方を決めきれていない人間の面倒をみるのなんて、もとの取れない投資に取り組むようなものなんじゃないかって、とても申し訳ない気持ちになることもあったんですが、それでも諦《あきら》めきれなくて」

「もとの取れない投資？　中田さん、視野をより広く持つのです。私は宝石を通して世の中をより美しく、明るくするために宝石商になりました。そしてあなたという人間を育成することは、より美しく、明るい世の中の実現に直結している。あなたがどちらの道を選ぶのであれ、同じように。そしてこれは個人的な経験に基づく見解ですが、どのような分野の勉学であれ、真剣に取り組んだものは、まるで異なる分野に飛び込んだとしても無駄にはなりません。それどころか幾重《いくえ》にもあなたを助ける武器となり、ひいてはあなたの周囲の人々をも守る財産になってくれるでしょう。そもそも、世界の土地も人の痛みもろくに知らない宝石商など面白くもない。できるだけたくさんの回り道をなさい。既にあなたはそのコストも知っている。堂々と、あなたの望む道を歩くがよろしい。私は高望みですか？　そうは思いませんね。贅沢《ぜいたく》であるという指摘なら、甘んじて受ける所存ですが、贅沢の嫌いな宝石商など宝石商失格です。合理主義の皮をかぶった効率第一主義など、野良《のら》猫《ねこ》の餌《えさ》にでもくれてやりなさい」

俺は再び、頭を下げるほかなかった。若干《じゃっかん》、口がうますぎて怖い気もするが、日本にもこういう社長さんがもっとたくさんいてくれたら、就職活動ももう少し楽しくなりそうな気がする。そして彼のカリスマをかっこいいなと思うたび、俺の気持ちも宝石商稼業のほうに傾いてゆく。この人は本当に、天性の商売人なのではないだろうか。

だからこそ、一つ、なおさら解《げ》せないことがある。

「……もう一つ、質問してもいいでしょうか」

「オフコース」

「ヴィンスさんは……どうしてリチャードを恨んでいるんでしょうか」

リチャードを、というのは少し間違いだ。彼が本当に恨んでいるのは自分自身だと思う。ジェフリーから金をもらってしまい、リチャードの情報を売り、その末に家族を失い、恋人になってくれそうな相手との仲も壊れかけて、スイスで引きこもっている女の子の下で働いている。

何故、そんなことになったのか。

今まで俺が聞いているだけの情報では、ピースが揃っていない。そういうことがあったんですねという理解はできても、今に至るヴィンスさんの中で燃える黒い炎の熱源がわからない。何がそれほどまでに、彼を衝《つ》き動かしているのだ。

この人はそれを知っているのだろうか。あるいはリチャードも。

シャウルさんはしばらく、間をとってから、ひゅっと手をあげた。食事のオーダーらしい。三品ほど注文してから、俺を見て微笑む。

「中田さん、質問に質問で答える無礼をお許しください。仮にあなたとヴィンセントの関係が、今とは真逆であったとして、あなたは私がその質問に答えることを望みますか？」

簡潔な質問だった。

そして俺の答えも、シャウルさんにはわかりきっているはずだ。

「…………いいえ」

「では、それが私からお教えできる、最も詳細な答えです」

誠意のある答えだ。そして俺は、自分の浅慮を恥じた。もしシャウルさんが、諾々《だくだく》と俺に情報を垂れ流してくれる人であったら、こんなことにはなっていなかっただろう。ヴィンスさんに気をつけろ、実はこういう事件があってと、あらかじめ教えてくれたかもしれないし、そのせいで俺はシャウルさんの情報管理能力を疑い、自分はこの人をボスと呼んで大丈夫なのかと考えたりしたかもしれない。あちらを立てれば、こちらは立たない。

だが、だとしたら、俺は何を手がかりにヴィンスさんのことを知ればいいのだろう。やはりマリアンさんだろうか。でも彼女にこれ以上つらい顔をさせるのは俺もつらい。どうしたら、と考えていた矢先、ふっという笑い声が聞こえた。シャウルさんだ。

「ですが、彼があのバカ弟子ではなく私を恨んでいる理由であれば、話は簡単です」

「えっ」

「黙っていたからですよ」

「……何を」

「彼の裏切りや、情報の横流し、金銭の授受などを、リチャードが全て承知した上でヴィンセントに情報を明かしていることを、私が彼に黙っていたからです。誰がそれをリチャードに教えたのかと問われれば、私ですと答える他ありません」

それは。

いつから。

俺が途切れ途切れに尋ねると、シャウルさんは、最初から、と答えた。ジェフリーとヴィンスさんの金銭の受け渡しは十回以上に渡ったという。お金を渡した人が俺にそう言っていたのだから確かだろう。

それが全部、許されていたのだと知った時の衝撃を、俺は想像し、呻《うめ》いた。シャウルさんはまだ微笑んでいる。

「こちらとしても理由があったことです。何しろ香港のジュエリー店も人手不足でしたからね。専門知識があり、現地の人間でもある便利なクルーに、急に出勤を拒否されてはたまりません。遅かれ早かれ追手がかかることはリチャードも理解していました。であれば」

シャウルさんは手の平をひらひらさせた。魚が泳ぐように。ああ、『泳がせよう』ということか。

泳がされていた側は、自分がいけすの中の魚だと知らなかった。

そういうことか。

ヴィンスさんは以前、言っていた。リチャードは、ヴィンスさんの王冠の宝石を、全てくず石に変えてしまったと。もちろん比喩《ひゆ》だろう。だがそれがどういう意味なのか、ようやくわかった気がする。

自分一人が、周囲の人間を出し抜いているという罪悪感に耐えるだけなら、まだいい。

その中には微かな優越感がある。だが仮にそれが、逆だとしたら？　自分一人が、動物園の動物が餌をもらうように、情報を与えられ、それを飼育係に持ってゆく芸を見せるだけの珍獣として扱われ、しかも自分以外の全員がそれを知っていたとしたら？

一人馬鹿をみる、という言葉は好きではない。でもこういう時、他にどう言ったらいいのかもわからない。

全てが明らかになった時に感じる心の痛みは、どれほどであることか。

「彼があなたに、リチャードや私の話を、どのように伝えたのかは、私の与《あずか》り知るところではありません。私のことを老師と呼んでくれる彼のことは、好ましく思っていましたよ。ですが私は聖人でも善人でもない。誠実には誠実を返すように、不誠実には不誠実をもってお返しすることを旨《むね》とする宝石商です。その末に『なんて不誠実なことを』と罵られたとしても、左様でございますかと会釈するほか、私にできることはありません。商人には商人の流儀があります。自己責任とも言いますね」

「……リチャードも、そうなんでしょうか」

そういうふうに、あの男は割りきれるのだろうか。いや、リチャードもわかっていて、知らんぷりをしたのか。それとも最後までそのことは明かさず、ただ消えるつもりでいたのか。俺の知っているリチャードなら、そういう道を選びそうな気がする。

だが実際は、そうはならなかった。

シャウルさんの今度の微笑みは、声のない微笑みだった。シャウルさんは唇の形だけで笑みを作り、俺の顔をじっと見つめていた。魂《たましい》の奥まで見通されそうな目だ。

「リチャードが、ヴィンセントの不誠実に不誠実をもって応じたことを、どのように感じているか、ですか。そうですね、占い師でもない私には判断の難しい話です」

また馬鹿げた質問をしてしまったと、俺は自分の言葉を悔いていた。傷ついていなかったはずがない。そんなことがわからないほど短い付き合いではないのだ。

俺が本当に知りたかったのは、リチャードがヴィンスさんとのことを、どういうふうに割りきったのかということだった。でもそれを、本人には尋ねたくない。傷口に定規を差しこんで傷の深さをはかるような真似はしたくない。でも知りたい。自分の卑怯《ひきょう》さに嫌気がさす。

シャウルさんは俺の内奥を読み取ったように、ふっふと含み笑いをした。彼が笑うと、切りそろえられた口ひげがふわふわと揺れる。

「では、このように考えてみてはいかがですか？『これは祖母の形見の指輪だが、真贋《しんがん》がわからない。故人が気にしていたものであるため、鑑別《かんべつ》をお願いしたい』と、実のところは盗品である品を、持ち主を調べてもらいたいという下心をもって預けた際、あの男がどのように対応したか？　そういった人物に対する彼の対応を軸に、お考えになってみては？」

その、一つの問いかけで。

体の奥から、何かの結晶が生えてきて、胸のあたりを食い破られたような気がした。

そうだ。忘れもしない、俺はばあちゃんのパパラチアの指輪をリチャードに預けた。鑑別してほしいと言いながら、その実は指輪のもとの縁がわかればいいと思いながら。リチャードはエトランジェを離れてイギリスに旅立つ時、きっと俺のことを全てシャウルさんに話しただろう。そもそも彼が俺の素性を知らないはずはないのに。

リチャードと初めて接触した俺の初手は、お世辞にも誠実なものではなかった。

俺はただ、偶然出会った宝石商を、利用しようとしただけだ。

ヴィンスさんの言葉が蘇る。どうして俺を雇ったのかリチャードに尋ねろと。

初対面の相手に嘘をついて指輪を預けるような男だ。いかにその後の俺のリアクションが愚直《ぐちょく》で、タクシーの中で泣くようなほだされやすさがあって、金欠の学生に見えたとしても、そんな人間を店に雇いたいと思うだろうか。

俺も一度は気になって尋ねた記憶がある。その時のリチャードの答えも覚えている。確かにどうしようもない人間だと思ったが、放っておいたらなおさら大変なことになりそうだったからという、あくまで俺主体の答えだった。経営者目線で考えるなら、定員一名のアルバイトに俺という選択肢は、無害かもしれないが無難ではないチョイスだ。何故選んだ。

それは、なにか、罪滅ぼしのようなものだったのか。

俺を信じ、雇うことで、何かを清算しようとしたのか。

俺は一人首を振り、水っぽくなったアイスレモンティーを飲み込んだ。仮定に仮定をかさねて、幻の城を築こうとしている。考えすぎるのはよくない。

だがシャウルさんが言っているのは、そういうことなのかもしれない。

一体どうすれば、と途方に暮れかけていた時、微かな笑い声が聞こえた。

「中田さん、私があなたを好もしく思う部分を、もう一つお伝えしておきましょうか」

「えっ、俺を？」

「隠し事が苦手なところです。宝石商の才能としては致命的かもしれませんが、対面販売を行う人間としてはまずまずかと。裏表がなさそうであると思われることは、こと高額の商品を売買する局面では、おおむねプラスに働きます」

つまり、シャウルさんには、今俺が一人であれこれ考えていたことはお見通しだと言いたいのだろう。まあそういう方向に誘導されたのだ。当然といえば当然か。しかしやはり、子ども扱いされているようなばつの悪さが残る。くっくっくと笑うシャウルさんの前に、さっきオーダーした食事がやってきた。高級なイタリア料理かフランス料理のように供される、白い蒸しまんじゅう、野菜炒《いた》め、小籠包《ショウロンポウ》。モダンな中華だ。

「食べなさい。世界人類が常に衣食住に満たされた状態で話し合えるのであれば、世界史のページに刻まれた戦争の数は、確実に今ほど多くはないでしょう」

「俺もそう思います。シャウルさんはやっぱり、ロマンティストですね」

「少しずつ誰かに似てきましたね」

ちょっとよくわからないことを言われたが、ともかく食事はおいしかった。繊細な味付けで、盛りつけもきれいで、これを家で再現しろと言われたら、途方もない作業量にめまいがするだろう。こういうものを外で食べられるのは幸せだ。

俺はリチャードが何故、俺を雇ってくれたのかという疑問を、一旦胸の金庫に収納した。本当のところは、本人に尋ねるしかないだろう。今尋ねるべきは、シャウルさんにしか尋ねられないことだ。

ヴィンスさんの事情、俺を雇ってくれた理由、大切なところは確認できた気がする。あとは？　この人はオクタヴィア嬢の陰謀《いんぼう》からは距離を置いているはずだ。彼らのことを質問しても仕方がないだろう。あとは？　あとは何がある？　俺の頭は知らずのうちに、今までのことを総ざらいしていた。スリランカに引っ越したばかりの頃。『リチャードを助けて』メール。豪華客船。嫌な待遇。冤罪《えんざい》。ヴィンスさんとの出会いと、オクタヴィア嬢からの宣戦布告。そしてプロヴァンス。宝探しとカトリーヌさん。人種差別と誉め言葉の意味。友達だと言ってくれたリチャード。

俺の口は、勝手に動いていた。

「……どこにいても、生きるのってけっこう、難しいんですね」

曖昧ここに極まる言葉で、返事は笑い声だった。

「その通り。あなたも真理にたどり着きましたね、中田さん」

「すみません。いきなり変なことを言って。モニカさんに笑われそうだな……」

「彼女は他人の苦しみを笑うような女性ではありません。娘を見くびらないように。まあ親友の娘ではあるのですが」

「一緒に行かなくてよかったんですか」

「香港の服を買いたいと言って出かけていったのですよ。これ以上ついていっても邪魔もの扱いされるだけです。高級中華が食べたくなれば、ちゃっかり戻ってくるでしょうが」

まったくと言いながら、シャウルさんは嬉しそうだ。やっぱり邪魔をしてしまったことが、今更ながら申し訳なくなってくる。早めにテーブルの上の食事を片づけて、お礼を言って退散してしまったほうがいいかもしれない。俺が慌てて中華まんじゅうに箸《はし》を伸ばすと、シャウルさんがすっと割り込んできて、ぱくりと一口で食べてしまった。もっく、もっく、もっくと、豪快だが無音でシャウルさんは食べる。

口の中のものをきれいさっぱり呑み込んでしまったあと、彼は不思議な目をして、微笑んだ。

「少々、昔話をしましょうか。私の親友や、私の妻がまだ生きていた頃、いえ、それよりもずっと前から始まる話を」

長くなるなと俺は予感した。そしてそれが、彼なりの俺の甘やかし方であることも。やっぱりリチャードもシャウルさんも、似た者師弟だ。

「中田さんは、宗教に関するお話に抵抗はありますか？　日本人は一般的に、宗教観に対するこだわりが薄いとお聞きしますが、精神性には一般も特殊もありませんからね」

「それは……どうなんでしょう、自分でもわからないくらいのこだわりの薄さだと思います。俺の家、宗教の話をするような雰囲気は全然なかったので」

「なるほど。では私も遠慮なくお話できます」

私は仏教徒の家に生まれました、とシャウルさんは切り出した。しかし、何だろうこの、魔神的な笑みは。どんな話になるのだろう。よく知らない相手との会話で話題にするには、宗教はNG中のNGである。日本人でもそのくらいは知っている、繊細な話だ。だが彼は、俺にそういう話をしてくれるという。興味がないわけではない。

シャウルさんは、スリランカにおける仏教のポジションについて教えてくれた。人口の七割以上を占めるマジョリティの宗教。日本に伝播《でんぱ》した、いわゆる大乗《だいじょう》仏教と異なる上座部《じょうざぶ》仏教で、出家仏教徒などとも呼ばれる。スリランカでお坊さんになったら、厳しい戒律を守る生活をして、修行と托鉢《たくはつ》の生活を送らなければならないのである。日本の市街地にあるお寺のお坊さんの生活に比べると、かなりハードな仏教なのである。そしてお坊さんは、民間に広く尊敬される存在でもある。位の高いお坊さんと政治家とのテレビ対談が、ニュース番組で普通に放送されているのを、そういえば俺もキャンディで見たことがある。

だがシャウルさんは、若い頃に、その仏教を諦めたという。

「若者らしく、深い考えがあったわけではありません。ただ当時の私は、西洋医学や輪廻《りんね》の思想に傾倒し、その結果として異教の教えに惹《ひ》かれていたのです。もちろんスリランカの、他宗教に触れやすい環境も影響していたでしょう」

ですが今一つ、踏みきれもしなかった、とシャウルさんは言う。それはそうだろう。自分以外の家族が全員、敬虔《けいけん》な仏教徒であるとして、「なってみたいから」という理由で宗旨替えをするのは困難だと思う。宗教とはそういうものではないはずだ。ではどういうものなのかと問われると、なかなか困るものでもあるのだが。

「私は悩んだ末に、頭でっかちな選択をしました。やれることは全てやってみようと思ったのです。一つの可能性として、私はヒンドゥー教への改宗を試みました」

「えっ、ヒンドゥーですか」

「意外ですか？　あなたもなかなか、私の国がわかってきたようだ」

シャウルさんの含みのある笑顔に、俺は言葉に詰まった。

初めて「あれ」と思ったのは、一人でお茶を飲みに行った時だ。キャンディの少しおしゃれなスポットで、観光客もいれば、多少所得の高そうな地元の人たちもいる。ダージリンティーとチョコレートケーキを注文してしばらく待っている間に、俺はフロアスタッフの人たちを観察していた。どちらも日本人に比べれば『浅黒い』と表現されてしまいそうな肌だが、やや明るい、キャラメル色の肌の若い女性と、彼女に比べるとやや色黒の、チョコレート色の肌のおばあさん。

どちらもスタッフとして働いているが、二人の関係が、俺には対等に見えなかった。キャラメル色の肌の女性が、顎でしゃくるようにおばあさんを使っている。おばあさんのほうはその態度を腹に据えかねているように見えるが、他のスタッフがそれを注意する様子はない。そしておばあさんには、俺の覚えかけのシンハラ語が、あまり通じなかった。「ストゥーティ」というシンハラ語の「ありがとう」が、どうやら通じていないようなのだ。

さんざん待たされた挙句にお茶を飲み、微妙にあたたかいチョコレートケーキを食べながら、俺は隣の席の客が、おばあさんに「ミッカ・ナンドゥリー」と言うのを聞いた。ああこの人はタミル人なんだと俺は悟った。ナンドゥリーはタミル語の「ありがとう」だ。ミッカは恐らく「ベリー・マッチ」にあたる副詞だろう。サンキュー・ベリー・マッチ。おばあさんは俺のカップにお茶を注ぐ時にも、微笑みながら丁寧《ていねい》な仕事をしてくれた。

最後に彼女がおかわりをしますかと尋ねに来てくれた時、俺はおことわりしつつ、ミッカ以下略を伝えてみた。彼女は驚き、楽しそうに笑ったあと、何かを俺に尋ねたようだった。多分あれは「あなたはタミル語が話せるの？」だったのだろう。俺は答えに窮し、彼女はやっぱりねと言わんばかりに肩をすくめて、俺を見送ってくれた。あの店にはそれ以来行っていない。

スリランカ滞在から時間が経《た》つと、俺は見かけだけで、シンハラ人とタミル人の区別が、ある程度つくようになっていった。

肌の色が違うことはもちろんだが、女性であればサリーの着方が違う。それは仏教徒のサリーと、ヒンドゥー教徒のサリーの違いだと、もうしばらくしてから気づいた。タミル人はもともと、茶摘みのための労働力としてイギリス人に南インドから連れてこられた異邦人である。スリランカの紅茶はおいしい。今でも世界中に輸出されている。そしてタミル人の人たちは、今でも多くがお茶の農園で働いている。ありていに言えば、所得の格差が今でもある。二〇〇九年に終結宣言が出されるまで続いた『スリランカ内戦』の原因も、シンハラ・オンリー政策と呼ばれる、シンハラ人優遇政策のせいだったと言われていて、その余波は俺が思うに、今でも何ら解決していない。その頃お金持ちだった人の多くは今でもお金持ちだろうし、その頃貧乏だった人の多くは今でも貧乏だ。

俺はそれからも時々「ミッカ・ナンドゥリー」を使った。子どもだけはシンハラ語を知っているからと、六歳くらいの子どもに店番を任せているおつまみ屋台のおじさんに。宝石の買い付けに行く途中に立ち寄ったレストハウスで、トイレの清掃をしていたおじいさんに。大荷物を抱えて電車に乗っている、金のアクセサリーをつけたおばさんに。

スリランカにおいて、仏教徒がヒンドゥー教徒になるというのは、「ストゥーティ」の側から「ナンドゥリー」の側に移るということだ。頭でっかち、の対義語は、肌感覚にでもなるのだろうか。何となく空気を読んでいたら、まず行わない選択だと思う。

だがシャウルさんは、やったという。

それでどうなったんですかと俺が膝《ひざ》をつめると、シャウルさんは笑った。

「まあ、試みると宣言した段階で、親族には猛反対されました。何を考えているのか全くわからない、父祖に失礼だと説教もされました。高徳の僧侶がやってきて、仏教のすばらしさを説いて聞かせていただきもしました。意味がないと言われました。ヒンドゥー教の勉強をしたいのなら、仏教徒のまま学べばよいとも言われました。しかしそんなことはとうの昔に行っていました。私は今までとは違う世界に踏み出してみたかったのです。いやはや、我ながら冒険心溢《あふ》れる若者です」

「……何歳くらいの頃のお話ですか？」

「未だ医学生ではありませんでした。それはまだ、先の話です」

シャウルさんは改宗した。経典を学んだことを証明し、ヒンドゥーの名前を授けられ、名前のお祝いを経て、五つの日課をこなし、ヒンドゥーの神々を礼拝するようになった。

もちろん寺院にもお参りする。ヒンドゥー教寺院は、スリランカならどこにでもある。そしてわかりやすい。たくさんの神さまの像が壁にそのまま彫り込まれていて、さながら現代アートのようなカラフルな建物だからだ。世界の秘境を紹介する番組で見た、アンコール・ワットの雰囲気に似ているなと思っていたが、それもそのはず、あれはもともとヒンドゥー教の建築物だった。ものを覚えると頭の中でいろいろな記憶が繋がってゆく瞬間があって、俺はそれが好きだ。

「それで、改宗したらどうなったんですか」

「何も変わりませんでした」

「えっ」

「受け入れられなかったのです。たとえていうなら、あなたが東京に住んでいるとして、『大阪人になりたい』と一念発起して大阪弁を習得、毎日大阪弁しか喋らなくなったとします。その場合、周囲の人々のリアクションはどうなるでしょう」

言葉に詰まる。何をやっているんだ、『痛い』やつだな、と思われるのではないか。だがそれをどうやって目上の人に伝えたらいい。俺が苦虫を嚙《か》み潰したような顔をしていると、シャウルさんはその表情から俺の気持ちを汲《く》んでくれた。

「お察しの通り、周囲の視線は冷ややかでした。信仰の方法は完璧であったと思っていましたし、事実今でも、作法だけなら間違っていなかったとも思います。外から見れば、私はどこにでもいるヒンドゥー教徒であったでしょう。ですが近所の人々にはそのようなことはわかりません。幸か不幸か我が家は裕福でした。『あそこの家の若い息子が、何やら冒瀆《ぼうとく》的な遊びをしている』と思われて、私は己《おのれ》の目的を考え直すことになりました」

「……どうしてヒンドゥー教徒になりたかったんですか？」

「手始めにヒンドゥーを選んだだけだったのです。私は全ての宗教に帰依《きえ》してみたかった。宗教とは世界の眺め方、あるいは世界と己との折り合いをつける方法だと思っていたのです。イギリスへの留学を決めた際、私は今度はキリスト教徒に改宗しました。プロテスタント。既に私の両親は何も言いませんでした」

服の好みを変えるような話だ。宗教というのはそんなにぽんぽん取り替えられるものなのだろうか。と考えて、俺ははたと思いとどまった。俺はどんな宗教に帰依しているのだろう。墓は仏式だろう。ひろみとばあちゃんだけの母方のほうには、墓などあってなきがごとしだが、中田さんの家には菩提寺《ぼだいじ》があり、お墓がある。しかしクリスマスにはケーキを食べるし、お正月には神道式の初詣《はつもうで》で柏手《かしわで》を打ったりする。

これは、どの宗教にも帰依していないということになるのだろうか。多分そうだろう。全部どっちつかずで、イベントだけタダのりしているような状態だ。それらのイベントの枠組みになっている宗教を用いて、俺は自分が世界との折り合いの付け方を決めたり、眺め方を決めたりしているとは思わない。そういう種類の信仰を、俺はまだ知らないと思う。いや、強《し》いて言うなら、リチャードか？　あいつに対する信頼や、どうにかあいつの役に立ちたいという気持ち、そしてあの圧倒的な美貌を目《ま》の当たりにした時の安堵は、そう言われれば信仰に近い気もする。今度会ったらそんな話もしてみよう。まあそれはいい。イギリスに留学したシャウルさんはどうなったのだろう。

「イギリスの医学部での話は割愛します。あそこは六年間の絶え間ない戦いの場でした。日本人はこういう時に『やりがい』という言葉を使うようですが、私としては『デボーション』、献身という言葉を用いたくなります。誰もが皆、何かしらの使命感に衝《つ》き動かされて、地獄《じごく》のような課題の連続をクリアしてゆく空間は、全世界共通であるようですが、終末期医療を専門にした私にとって、やはり宗教との関係は切っても切れませんでした。プロテスタントも非常によい宗教であることは否定しません。それはブッディズムも、ヒンドゥイズムも同じです。四年目でカトリックに改宗しましたが、医師である間はクリスチャンでした」

そしてシャウルさんは医療NGOの活動に身を投じる。インドとパキスタンの国境や、アフリカの貧困地帯で医療行為に励む人たちだ。幸か不幸か我が家は裕福でした、とシャウルさんは嫌味なく言った。彼のこういう感覚はどこか、リチャードたちクレアモント家の人々に似ている気がする。

「イギリスの病院でも、赴任先のインドの医院でも、あるいは中東のキャンプのテントでも、様々な人々を目にしてきましたが、人間が人間として扱われている限り、そこには調和のきざしが感じられました。医療NGOが必要とされる局面は世界中にままありますが、中でも最も過酷《かこく》なのは、人間が他の人間を、同じ存在として扱うのをやめた地域です。そこは不毛の地です。美のない場所です。安らぎのない場所です。私は『人間』、ヒューマン・ビーイングという言葉を、非常に興味深く思います。人とは他者との間にあってこそ、人たることができる。他者からの尊重がなければ、人間は人間であることが難しい」

しかし、そういう環境でも人は宗教を捨てないのだと、シャウルさんは言った。逆にそれが、人々を分断し、いがみ合わせ、場合によっては命をかけて戦わなければならない場へ駆り立てるものであったとしても。

「何故なら、それを捨てるのは、どちらのチームにも所属しないという、無謀な旅人の選択であるからです。自前の傘を持ち、バックパックを持ち、財布を持ち靴《くつ》をはき言葉を持っている人間は、旅人になることもできるでしょう。ですが何も持たない、持つことを許されない環境にある人々にとって、宗教とはまぎれもない財産です。アイデンティティという名の己の一部です。私はその時、己の認識の浅はかさを理解しました。宗教とは窓ではなく、目なのです。どれほどの苦境に置かれたとしても、目を抉《えぐ》りだせと言われて実行できる人間は非常に少数でしょう。そしてどれほど蔑《ないがし》ろにされたとしても、どこかのチームに所属できるほうが、どのチームの仲間にもいれてもらえないよりはまし。こういう考え方も、あなたにはおわかりでしょう。『人間』とはそういうものです」

「……少し、わかると思います」

そして何も持たない人であればあるほど、相対的に一つのアイデンティティの大事さは増し、大きな波の影響を受けやすくもなると、シャウルさんは言った。とてもわかりやすい。この世界では持ち物の少ない人から順に傷ついてゆくのだ。

次々に宗教を変えていたシャウルさんは、それが己の環境ゆえに許された贅沢だと気づいたという。確かに、服の好みを変えるのと、帰依する宗教を変えるのとはまるで異なることだろう。そのくらいのことは俺にも想像できる。だが今までの人生の中で、俺はそこまで真剣に、宗教のことを考えたことがなかった。日本にいる限り、それが普通だと思っていた。だって宗教を理由に殺し合ったり命をかけたりする人は、俺の生まれた国にはいなかったから。いや、単純に俺が気づかなかっただけで、存在するのかもしれない。だが少なくとも俺の近所には、そういう人はいなかった。そういう人がいるとしても、行動原理が理解できないと思ってしまう程度には。

それだけに俺は、今回のスリランカでの焼き討ち事件がショックで、宗教の違いゆえに店を焼くという得体の知れない事件を飲み込みきれなくて、今でも心の置き場を見つけられずにいる。

シャウルさんは？

彼は今回のことをどう考えているのだろう。しかしあれは、仏教徒とイスラム教徒の話だった。さすがのシャウルさんも、ムスリムには――

　ということまで考えて、俺は思い出した。『医師である間は』クリスチャンだった。ということは。

「あの……」

「なんでしょう」

「差し出た質問ではありますが、お医者さんをやめて宝石商になった頃には、また宗教を、変えたり……？」

「グッド・クエスチョン。お察しの通り、私は再び新たな宗教を見出しました。イスラーム。心の平穏を意味する名前のこの宗教にも、随分お世話になりました」

　コーランはアラビア語で音読できるようになりましたと言い、彼はふくふくと笑った。おお、神よ。この場合どの宗教の神に祈ったことになるのだろう。シャウルさんの経歴はまるで宗教のバックパッカーだ。世界を巡る旅だ。その都度教典を覚え、儀式の方法を覚え、考え方を覚え、次の信仰へとうつってゆく。どこまでも彼の旅は続く。何故だろう。そんなに旅をしなくても、一つの場所に腰を据えようとすることが、宗教の本質なのではないだろうか。俺のようなちゃらんぽらんおいしいとこどり宗教者でも、シャウルさんのような宗教遍歴《へんれき》をたどる人が少数派であることはわかる。人は一度信じたものを、そう簡単には捨てられない。

それは何も、宗教に限った話ではないかもしれないが。

「……………どうしてそこまで？」

「最初に申し上げたでしょう。宗教とは世界との折り合いの付け方の方法であると。しかしどの宗教にも共通しているのは、生きることへの肯定です。あなたがそこにいるだけで、それは素晴らしいことであると、上位存在が肯定してくれるものがすなわち宗教です。安心、と言い換えてもいいかもしれません。そして私はできる限り、いろいろな折り合いの付け方を知りたいと思ってしまう。言い換えれば、人間を知りたいと思ってしまうのかもしれません。このような考え方は、興味深いと言ってもらえれば御《おん》の字《じ》ですが、大抵の場合は罪深いと言われます。浅はかで、不遜《ふそん》であるとも。なかなか理解は得られません」

「……シャウルさんは、いろいろな人たちの安心の仕方を知りたくて、いろんな宗教を『体験』していたんですね」

「そういうことになるでしょう。もっとも、私がそうと気づいたのは、妻に出会ってからのことですが」

妻。

宗教とは無関係な言葉だ。重苦しい会話が続いていたテラス席に、涼やかな風が吹き込んだ気がした。

「彼女は理知的な女性でした。多少がみがみ屋の妹もついてきましたが、明るくさっぱりした性格と、歯に衣《きぬ》を着せぬ物言いに、何度救われたかわかりません」

佳人《かじん》薄命とはよく言ったものです、と。

今日のシャウルさんは饒舌《じょうぜつ》だが、奥さまについてはそれ以上語ろうとしなかった。故人であることは話のはじめにわかっていたし、彼もそれ以上語る気はないのだろう。

「私はその時、天から何かが降ってきたように悟りました。人には救いが必要だと。何故なら人は、定められた哀《かな》しみからは逃れられないから。そしてその哀しみは、非常に恵まれた環境で勉学に励むことができ、家族にも恵まれた私ですら無縁ではなく、いわんやこの世界の大半をしめる貧困と戦争の最中では、人生は哀しみそのものにすらなってしまうだろうと。そういう時、人には生きる理由が必要です。怒りはその筆頭になってくれる存在です。私が神に腹を立てていたように、怒ることで生きることができるからです。そして宗教は往々にして、罪を定めています。罪があるならば罰することもできる。怒るための理由を与えてくれるのです。非常に理にかなった救いでしょう」

生きるために怒る。罰するために罪を創り出す。

言葉がない。俺が考えていたのとは、全ての因果が逆だ。

それは、とても極端な解釈だと思う。だが理屈はわかりやすい。

しかしその考え方は、俺がリチャードから聞いた『エトランジェの規則』とは、真っ向から対立する考え方ではないだろうか。

差別をしない。あらゆる宗教、信条、性的嗜好《しこう》や政治的傾向にとらわれず、お客さまをおもてなしすること。それがリチャードの掲げる、孤独の店の信条だ。

もし、人が生きるために怒ることが必要だというのなら、それは生きるためには差別をしなければならないと言っているようなものではないだろうか。

リチャードはシャウルさんのこの宗教キャラバンのことを何も知らないのだろうか？　知らずにあの店のルールを掲げたのだろうか？　考えにくい話だ。腹を割った深い話を避けている相手を、あの男は『師匠』などと呼ぶだろうか。

俺は考える。考える。頭をひねって考える。

黙り込んで考えた末。

一つの結論にたどり着いた。

「中田さん、何を考えていましたか？」

「…………リチャードから教えてもらった……」

「『差別をしない』条項について？」

俺は頷く。シャウルさんは微笑みながら俺を見ている。見守ってくれているようだ。俺が答えを導き出すのを待っている。

「差別は…………なくならないですね」

「少なくとも、私が生きている間にはなくなりそうもありません。戦争がなくならないのと同じように、少なくとも今後数百年は、見果てぬ夢でしょう」

俺もそう思う。数百年というシャウルさんの言葉ですら、楽観的に思えてしまうほどに。

そうか、俺は勘違いしていたのか。

差別をなくすのではなく、あの店の中を、浮世離れした桃源郷にしてしまうこと。

何のしがらみにもとらわれない、宝石の城に。

それがあの信条の、本当の意味だったのか。

独り言のような俺の言葉を、シャウルさんは一つ一つ受け取り、笑ってくれた。

「桃源郷、という言葉は実にあのバカ弟子好みでしょうね。西洋の『ユートピア』は、実現可能な理想郷という意味合いを持つ、社会実験を前提とした理想郷でしたが、陶淵明《とうえんめい》が謳《うた》った『桃源郷』は、ひとの心の中に存在する、実在しない麗《うら》らかな理想郷です。現実世界からは遊離した仙境《せんきょう》で、老いも若きも隠遁《いんとん》生活を送っている。玉と珊瑚で飾られた、美しいつづらをお土産に持たせてくれるのであれば完璧です」

「でも」

俺は食ってかかったが、言葉が続かない。でも。でも何だ。

差別は存在する。なくならない。それはそうだ。わかっている。

でも。

エトランジェは銀座の七丁目に、ある。俺の上司も存在する。

あの神がかり的な美貌を、一瞥《いちべつ》しただけでは幻覚か何かと思ってしまうように、にわかには信じがたいことだが、それでも確かに、あるのだ。そしてリチャードが出会い、言葉を交わし、穏やかに微笑み、宝石と心をやりとりしたお客さまも、存在する。

確かにいるのだ。

あの店は、人里離れた理想郷などではない。ビジネスの場所であり、癒《いや》しの場であり、リチャードの戦場だ。あの場所のルールを壊そうとし、お客さまに干渉しようとする相手を、あいつが容赦《ようしゃ》なく追い払ってきたように。

それは意味のある戦いだろう。

俺はそこでもう一段、深く、シャウルさんの言おうとしていることを理解したように思った。別に彼は、リチャードと見解の相違を起こしているわけじゃない。同じなのだ。同じ現実を見据えた上で、リチャードはあの店を構えることを選んだのだ。

「……まあ、少なくともあの店の中で、宗教対立が起こったり、ヘイトクライムが発生したりという話は、寡聞《かぶん》にして存じませんね。銀座は平和な場所ですから」

「実在する桃源郷、ってことですね」

「実在する時点で桃源郷は桃源郷とは言いません。そこはただのユートピアです。トマス・モアの国の人間らしい。おっと失礼。その環境を拡大しようとは思わない。私であれば、全世界をエトランジェにするにはどうすべきかと考えるでしょうね。ロイヤルミルクティー一神教を崇拝《すうはい》させるためには何をすべきか。困難な道のりが予想されますね」

「そ、それはあの店の本質じゃないような……」

「さて、そろそろ私の宗教観の話に戻りましょうか」

おっと。まだ先があったのか。

大切な人の死が、シャウルさんの宗教観にどういう影響を与えたのかはわからない。しかしそれ以降、彼は宗教バックパッカーをやめたという。イスラームに留まっているということですかと尋ねると、答えはノー。離脱したのか。ということは今の彼は、無宗教？ 俺がそう呟くと、シャウルさんはちっちっちっちと舌を鳴らし指を振った。ああ、魔神的な笑みが戻ってきた。

「いいえ、中田さん。私は新たな、そして唯一無二の宗教に属しています」

「………シャウル教、とか？」

「ノー。それから一応お教えしておきますと、シャウルとは私のバイブルネーム、ダビデ王の先代たるサウル王の名です。キリスト教、ユダヤ教、イスラーム、いずれのほうにとっても聖人たる王ですので、汎用《はんよう》性の面から今はこの名前を使っています。もちろん私のお気に入りの響きという理由もありますが」

そうだったのか。彼は他にも、ヒンドゥー名やらムスリム名やら、いろいろな名前を持っているそうで、場合によってはそれらの名前で応対することもあるという。クリスチャン・ネームを持っている友達は、そういえば大学にも存在したし、考えてみればヴィンスさんの『ヴィンセント』も、ニックネームと言えないこともない。香港の人の居住カードに書かれている正式名は、一応、漢字であるはずだ。その名前を日常的に使うかどうかは別として。名前の概念とは、人間の概念に似ているのかもしれない。名前はその人のものであっても、呼んでくれる誰かがいなければ、存在するのが難しい。あるいは宗教も。

「その……シャウルさんの、唯一無二の宗教っていうのは……？」

「疑っているようですね。果たして信者が一人しかいない宗教とは、宗教たるものであるのかと」

「そ、そういうわけじゃ」

「ではお答えしましょう。今の私の奉じるものは、『美』です」

美。

ほあっ、とか、ひあっ、とか、はっきりしない変な声が出た。美。脳内でリチャードがギリシア神話の登場人物みたいな服を着て後光を背負ってありがたそうなハンドサインをしている。絶対違うと思う。これじゃない。シャウルさんが信仰している『美』はこれではない。でも俺の頭の中では自然とこういう図が浮かんでしまう。許してほしい。

「……それは、教義とか、あるんでしょうか」

「ありますとも。非常にシンプルですが。『美しいと感じるものを尊重する』。以上」

あ。

そういう教義だったら、俺も、メンバーの一員かもしれない。

快晴の朝の空や、山の稜線《りょうせん》や、海辺に沈む夕日や、色とりどりの宝石の輝きに、ため息をついたことがある人であれば、みんな。

でもそれって宗教なのだろうか？　俺が眉間《みけん》に皺をよせ、口をもごもごさせていると、シャウルさんはしたり顔で笑った。こんな顔をしているが、この人はきっと俺のリアクションを見ていくらかは楽しんでいるはずだ。こんな冴《さ》えないリアクションしかできない俺相手に、ずっと話し続けてくれたのだから。

「何をもって宗教と為《な》すかは、それを信じる人間のこころ一つです。そして私は長きにわたる放浪の末、宗教とは『捨てられないもの』であると考えました。私が捨てられないものとは何か？　命、もちろん。命を燃やすのは何か。価値観、美意識。では美意識を授けるのは何か？　愛、執着。これはロマンティックにすぎます。そして愛の対象は滅びる。しかし私の心に燃えるものは滅びない。ではこの炎の源《みなもと》とは何か？　何が愛をかきたてるのか？」

それが美、ということか。

シャウルさんは不敵に微笑んでいる。

いいものはいい、という気持ちは、とても理解しやすい。宝石を見ると心が癒されるのだって、当たり前のことになりつつある。でも、シャウルさんが今言っているのは、そういうことだけではないのだろう。

俺は顔を上げて、カフェのまわりの世界を見渡した。

芝草の上のベンチ。

ほのかに湿った空気。

カフェの器《うつわ》に光る水滴。

壁を走る苔の緑と、白い漆喰。

行き交う人々の、むき出しの膝小僧。

俺にはわからない言葉の話し声、笑い声。

高い場所から見下ろす街並み。

街に刻まれた長い歴史。

曇天《どんてん》の海の鈍い輝き。

美しさとは、あちこちにあるものだ。

見つけようと思えば、どんな場所にでもあるだろう。

シャウルさんの言う『美』への信仰とは、世界を諦めないことに、ひょっとしたら近いのかもしれない。

生きるのは難しい。俺が小学生の頃や、中学生の頃に感じていた「生きるのってしんどいな」という感覚と、同じ部分もあり、違う部分もあるが、今も昔も共通しているのは、多分俺はそんなに生きているのに向いていないのだろうなという感覚だ。生きづらい。どこにいても、本当にここにいてもいいのだろうかと感じる。誰かに優しくされると泣きたくなるくらい嬉しい一方、俺もそんなふうに誰かに喜んでもらえるだろうかと不安になったり申し訳なくなったりする。だがもちろん、百パーセントハッピー憂いなしイエーイという状態を理想としているわけではない。それではまるでドラッグのトリップだ。

だからもう、これしかないのだろう。

俺の見る世界は、これからもこんな感じなのだろう。

ある日突然光が差して、生きるのって楽しいぞ素敵だな、という感覚になることは、今後も恐らくないだろう。生きれば生きるほど嬉しいことに知り合いは増えて、その中の何人かとはとても親しくなって、彼らの抱えるどうしようもない苦しみの形が見えてきて俺までつらくなったりする。

だがそれでも、世界は美しいと。

無暗《むやみ》に投げたり諦めたりせず、食らいついてゆくこと。

世界の美しさを、自分の方法で見出し続けること。

それこそがシャウルさんの信仰であるというのなら、

「……あの、俺もそれを……信仰してると思います。多分今までも、心の支えにしていたんじゃないかな」

「でしょうとも。それでこそ私の見込んだ相手だ」

納得する。

俺は仏教的キリスト教的神道的わやわや宗教観の人間だが、『美』を信仰している。今後はこのスタンスでいこう。スリランカの中でも外でも、今のところ「あなたの宗教はなに？」という質問を投げかけられたことはないが、自分で自分に問うことはあった。仏教か、無宗教者か。どちらもしっくりこなかった。

だがシャウルさんの言葉は、しっくりくる。

単純に、俺が拡大解釈しているだけなのかもしれないが。

それでも『美』はいいものだ。

それは変わらない。

ありがとうございますと俺が頭を下げると、シャウルさんはまた含み笑いした。同じことを彼に言われても、リチャードだったら違うリアクションをするのかもしれない。あいつらしい皮肉や、気の利いた台詞を投げかけ、シャウルさんに打ち返されてぴしゃりと言われたりするのかもしれない。だがそれは俺のやり方ではない。だから俺は、これでいい。

どこにいても、生きるのはけっこう難しい。

でも難しいからといって捨てたものじゃないと、美しいものが静かに支えてくれるから。

シャウルさんはそれから、余談のようにスリランカの宗教事情をぽつりぽつりと話してくれた。政治と結びついた多数派のこと。少数派の迫害のこと。第二次世界大戦のあとに始まった内戦が終結して、今の若い世代には内戦のことなど知らない子どもたちも増えてきたのに、また国内が騒がしくなってきたことを、大人たちが憂いていること。何ぶん大国が行き交う海に浮かぶ、小さな島であるがゆえに、どの大国とも交流しなければ生きていけないという、板挟みのつらさから逃げる術《すべ》がないこと。

これもまた、どうしようもないことばかりだ。

俺が力なく微笑むと、シャウルさんはぐっと腕を伸ばして、俺の肩を摑んだ。この人の手はいつも温かく力強い。そしてちょっと怖いくらいむっちりとしている。

「今すぐに全てのことを理解しようと思わないことです。それは非常に困難で、かつ危険な誘惑を伴う衝動です。もしあなたに『こう考えれば全てがわかる』『これこそが美しいものだ』という、唯一無二の答えを差し出そうとしてくる人間がいたら、それはあなたの味方ではないと思いなさい。善意ゆえの行動かもしれませんが、そこで考えることをやめてしまえば、待っているのはそれ以上の広がりのない箱庭です。世界は無限に美しいのです。あなたの知らない美は、未だこの世界のいたるところに溢れ、あなたに見出されるのを待っていますよ」

「……俺、単純なので、そういうことを聞くと何だか嬉しくなってきます」

「でしょうとも。それこそが宗教の効能です」

よろしい、と彼は頷いた。先生のような笑みだ。

「少しずつ、少しずつ、積み上げてゆきなさい。わからないことも、わかったと思うことも、全て蔑ろにせず。そしてあなたという人間を少しずつ育ててゆくのです。投げ出してはいけません。ほんの少しずつでいいのです。焦らず、時には立ち止まったり、身を抉られるような思いにさらされることを恐れずに。それもまたあなたを形作る、かけがえのない出来事です。そしてこれは、人間よりもむしろ、我々が扱う、宝石の得意分野ですね」

ああ。

確かに、石の歴史は地球の歴史だ。地球上に存在する『もの』の中で、最も古いものの一つだろう。場合によっては何億年という地質変動の影響を受けて、圧《お》しに圧されて生まれてくるものが宝石だ。ダイヤモンド、ルビー、サファイア、エメラルド、オパール、ガーネット、トルマリン、トパーズ、アレキサンドライト、ゾイサイト、翡翠、生物によって形作られる真珠や、珊瑚ですら。

この地球の中で、長い時間をかけて育まれてきた、星の命のかけら。

宝石と呼ばれるに足る、傷の少ない大粒の結晶になり、人手に渡るものはごく一部だ。地質変動や、風雨による浸食を経て、残ったものの何万倍、残らなかったものが存在することか。誰も宝石に、何かの役に立つことを期待しない。労働力になることを期待しない。

換金価値を期待する人は当然いるだろう。だがそれは、ただ美しいということによって存在する価値だ。そこで輝いているだけで、宝石には価値がある。

美しいものがどこか、いつも悲しく見えるのは、そういう理由なのだろうか。

生きにくいと思いつつも、この世界の重圧に耐えて生きている人間のように。

そういうものを扱う仕事はきっと、とても美しいと、シャウルさんは信じているのだろう。彼とリチャードは、人と人との間を取りもつ仲人《なこうど》をするように、人と石とを巡り合わせる。そして彼は、その活動を通して、世界を勇気づけ、活力づけ、明るい方向に導いてゆくことを信じているのだ。

もしそれが、彼の信仰ゆえだとしたら、俺もそれがいい。そういうのがいい。

別にこれは、宝石商になろうが、なるまいが関係ない、世界の見方の話だと思うから。

俺が再び頭を下げ、謝意を伝えると、シャウルさんは鷹揚《おうよう》に微笑み、待ち構えていたように口を開いた。

「ようこそ、中田正義さん。これであなたもまた、私の可愛い弟子の一人です」

「えっ？　……そうなんでしょうか」

「そうですとも。世界の美の何たるかを悟り合った我々の間に、情け容赦、いえ失礼、遠慮などという無粋なものは似合いません。今後はどこかのバカ同様、私もあなたに教えたいことをラインナップして並べてさしあげましょう。楽しみにしていなさい。もちろんそれなりの報酬《ほうしゅう》は差し上げることができるかと」

そんな、ものを教えてもらって報酬までもらうなんて、今の研修に給料をもらっていることだって正直そこそこ心苦しいのに、これ以上はもらいすぎだ。俺がそう言うと、シャウルさんはいいえと首を横に振った。何だろう、この人の微笑が、さっきから少し怖い。あまりにも微笑が、何というか、慈愛深すぎる。

「報酬とは、なにも金銭に関わるものだけではありません。たとえばそう、名前とか」

「……なまえ?」

「いかにも。あなたさえよろしければ、同じく『美』の尊さを理解する同志として、私の名前を差し上げましょう」

「なまえを」

「これからは、もし必要があればこう名乗っても構いませんよ」

中田・ラナシンハ・正義と――。

俺はほとんど無意識に、下腹の筋肉にものすごく力をいれた。真剣な言葉だとわかっているからだ。シャウルさんの今までの言葉は非常に感動的で、俺は今日という日のことを一生忘れないだろうと既に思っていた。しかし最後にこんな展開が待っていると、誰が予想したか。俺はしなかった。中田・ラナシンハ・正義。かっこいい。でも何だこの、鈍器で殴られるような衝撃は。こういうのをパワーワードというのか、いやパワーネームか。

わからない。笑ってはいけないことだけはわかる。中田・ラナシンハ・正義。だめだ。頭の中で繰り返すと危ない。リチャードはこの局面で、彼の名前を受け入れたのか。それは、単純に名前を偽《いつわ》らなければならない日々にはぴったりだという計算からだったのか、それとも断りきれなかったのか。機会があったら聞いてみよう。

何とか呻き声をあげないようにし、荒れくるう海のような胸の内もひた隠しにし、俺は穏やかな表情を浮かべたまま、リチャードのようにたおやかな声のトーンを心がけ、言った。

「いえ、その名前はまだ、俺には、畏《おそ》れ多いと思います」

「そう遠慮することはありませんよ?」

失礼にならないよう、しかし声をあげることは難しかったので、俺はハンドサインで制しつつ、首を横に振った。そうですかと頷くシャウルさんと共に、数分、歓談に興じたあと、俺はちょっと失礼と言ってカフェのお手洗いを借りた。咳《せ》き込んだふりをして何かをごまかす。何度も咳き込んでしまう。でも大丈夫だ。とてもいい話を聞いたのだから。ちょっと笑いそうになるくらい何でもない。何でもないがとても失礼に当たると思うので、できる限りこのトイレの中で抑えたい。

ほどほどの時間で個室を出た俺は、シャウルさんと再び、スリランカや香港の話をした。思い出し笑いは一度もしなかった。俺は自分が、『丁寧』や『気遣い』の星の下に生まれたとは思っていない。無意識に人を傷つけることを言ってしまいかねないがさつなやつだとわかっている。それでも、今回のことは、思いがけず自信になった。ここまで我慢できるのだから、接客業をしても案外何とかなるのではないだろうか？

シャウルさんとの会話は楽しく、俺たちはそのあと三杯も飲み物をおかわりしてしまった。名前の話はそれ以降、一度も蒸し返されなかった。


あまりにも短期間のうちに何度も飛行機に乗ると、地上では当たり前のように感じている何かが麻痺《まひ》してしまう。たとえば日付の感覚だったり、機内ではおかしくなりがちな昼夜の感覚だったり、もののスケールから推し測る遠近感だったり、そういうものが微妙にちぐはぐになる。酔っ払いのような足取りで歩く、海外旅行帰りの人が多いのは、疲労だけが原因ではないだろう。何かの実感が薄れる。

今自分が世界のどこにいて、どこを歩いていて、今は何時で、天気はどうだと感じるセンサーがぐらぐらして、夢みたいに感じられることがあるのだ。

「正義くん、こっち。わあ、すごい。日焼けしてる」

たとえばこんな時には、特に。

関西国際空港から新大阪へ出て、新幹線で四十五分。岡山県までは順調な旅だった。俺はイギリスには行ったことがあるし、スリランカにはしばらく住んでいたというのに、岡山県には行ったことがなかった。四国と九州もまだだ。近いうちに両方訪れようと思う。

岡山駅東口、遠くを眺める桃太郎《ももたろう》の像の前、約束の時間に俺を待っている人がいた。手を振ってくれている。

谷本《たにもと》さん。

岡山県で、中学校の理科の先生になった谷本晶子《しょうこ》さん。俺の大切な、大学の友達。

白いシャツにネイビーのスカート、スニーカーという飾らない格好で、髪型が少し変わった。ふんわりと耳の横に流していた髪を、今はハーフアップにしてまとめている。可愛らしい印象に、大人っぽい雰囲気が加わって、顔立ちがきりりとして見える。

「谷本さん、久しぶり！　そんなに日焼けしてるかなあ」

「してるよ。スポーツしてる人みたい。スリランカって日差しが強いんだねえ」

「ずっとスリランカにいたわけじゃないんだ。プロヴァンスとか、アメリカの東海岸とか」

「いろいろ聞かせて。楽しみにしてたの」

「もちろん！」

「ふふふ。じゃあ行こうか」

谷本さんは嬉しいことに、彼女の勤めている学校の周辺を歩いて案内してくれた。駅から少しバスに乗ると、むやみやたらに懐かしくなるような光景が広がる。古い標識の立つ通学路。授業で観察に行ったという草花の生えている土手。岡山駅の周辺は、東京とよく似た繁華な街が広がっていたが、中心地から離れると、あまり人とすれ違わなくなる。スリランカとも東京とも香港とも違う、時間のゆっくりと流れている場所だ。

「このあたりはね、最近まで蛍《ほたる》がいたんだって。清流が生きてるってことだよねえ。私、先生なんだけど、生徒の子どもたちから教わることがいっぱいで、毎日勉強勉強って感じなの」

「学校の先生って、すごく忙しいって聞くけど」

「うん。本当に忙しいよ。やることがありすぎて、やってもやっても終わらないの。でも、人間ってすぐに大きくなっちゃうでしょう。『忙しい』なんて言ってる暇もないくらい。だったら私にできることは、私のできる範囲でベストを尽くすことかなって」

「……ずっと岡山県にいると思う？」

「それがわからないんだよねえ。最初はね、ずっとはいないかなって思ってたよ。教員採用試験って、都道府県や市によって採用枠が違うんだけど、免許を持っていればどこの試験でも受けられるから、おばあちゃんの家がある岡山なら、生活もしやすいかと思ったの。頃合いを見計らって東京に戻るつもりだったんだけど、本当にいいところだから、今はもっといたいって思ってるんだ。それに東京を出てから東京を眺めると、何だか、今まで当たり前に見えてたことが、全然当たり前じゃないんだなって思う瞬間がたくさんあって。こういうの、『視野が広がる』って言うのかなあ」

「それ、わかると思う。俺も外から眺めて初めて感じることが、いろいろあった」

「正義くんはもう、地球を眺めてる感じだよねえ。造山帯がよく見えそう」

「あはは」

本当に、不思議だ。大学の学食やラウンジで話していた時には、クリームソーダの好きな女の子としか思えなかった人が、すっかり子どもを守る先生の顔をしている。先生の中では一番若いから仕事が多くて大変で、と笑う顔はあの時のようにあどけない。でもしっかり一本、筋が通って見えるのもあの時と同じで、今はその『筋』が、以前より力強くなったようだ。相変わらずかっこいい人だ。

どこかで適当な喫茶店にでも入れれば、と思っていたのだが、いけどもいけども喫茶店は現れないので、駅のほうに戻りがてら、俺たちはオレンジ色の看板のファミレス・チェーンに入った。初めて見る看板だが、調べてみると関西以西ではかなりメジャーなお店であるらしい。こんなところにも俺の知らない日本があった。

五百円もしないハンバーグ・ランチは、隅々《すみずみ》まで整っていておいしかった。数種類のごはんやカレーがワンプレートであちこちにはみだしているスリランカの定食とはまるで違う。食後に俺はドリンクバーのオレンジジュースを飲み、彼女はクリームソーダを注文した。何だかほっとする。そろそろお土産を出してもいいタイミングかもしれない。

「谷本さん、これ、約束のもの。瓶だから、ちょっとかさばるけど」

「わっ、覚えていてくれたの。嬉しい」

「当たり前だよ。中田正義謹製《きんせい》、世界の砂コレクションの瓶詰でございます。これがフロリダの海岸の砂、こっちがプロヴァンスの石灰の砂、一番大きいのがスリランカの砂で、ネゴンボって港町の砂浜のものなんだ。サーファーの多いところで、夕陽のきれいなリゾートホテルなんかもあるよ。こっちはこの前香港で手に入れたんだけど、海辺は開発が激しくて、なかなか砂浜って感じの土地がなくて」

俺が海外に行くと決めた時、彼女は笑顔で送り出してくれた。

友達の門出は、笑顔で祝ってあげるものだからと。

その言葉には「正義くんが決めたことなら応援するけれど、大変だったら無理はしないでね」という優しい心遣いと、彼女らしい「倒れるなら前のめり」式のパワーが溢れていた。俺は感動し、絶対に何かお土産を持って帰ってくると言い、彼女が断っても食い下がった。

ほんとにいいの、それじゃあ、とためらいながら彼女がオーダーしたのは、非常に彼女らしいものだった。土である。

かつての鉱物岩石同好会会長として、そして今はどこかの中学校の理科部の補助教員として、彼女が求めてくれたのは、宝石とは少し違う姿の、地球のかけらだった。

　ご当地の言語のラベルの貼られたままの、ミネラルウォーターのボトルに入った土を、彼女は宝物に触れるように持ち上げ、ゆらし、目を輝かせた。

「すごい、すごい。日本の海の砂と色が全然違う。こんなものどこにも売ってないよ。手に入れようと思って手に入るものじゃないもの。本当にすごいよ。こっちは貝？　インド洋の貝だね。太平洋のビーチコーミングでとれる貝とは、種類も大きさも全然違う。うわあ。ありがとう。これ今度、授業で使わせて。みんなわくわくすると思う」

「俺も出席できたらいいのになあ！」

「いつか本当に来てくれたら嬉しいな。その時までにもっと、楽しくわかりやすい授業になるよう修行しておきます」

「邪魔にならないんだったら、石にかじりついてでもお邪魔したいです」

「はい、待ってます」

　敬語で言葉を交わし合い、ぺこりと頭を下げたところで、俺たちは同時に噴きだした。おかしい。何だこれではまるで。

　あ、これは、思いついても言わないほうがいいことだ。

　俺が黙って笑っていると、谷本さんが口を開いた。

「何だか今の、お見合いみたいだったね」

「……同じこと考えてた」

谷本さんは、誰とも恋愛する気がないという。

俺は谷本さんが好きだ。そして彼女は、恋愛は自分のことだと思えないと、心の奥底にある大事な秘密を俺に教えてくれた。そのスタンスはずっと変わらないだろうと彼女は言っている。だがリチャードは、変化することを恐れるなと彼女に助言していた。それはきっと、変化しないことを恐れるなという言葉と、根を同じくするものだろう。変化するもしないも、ありのままを受け入れられたら、それでいいと。

俺は多分今も彼女が好きだ。尊敬していると、はっきり言いきれる。だが彼女が恋愛を望まないとわかってからは、「好き」という思いをどういうふうに扱えばいいのかを考えあぐね、あぐねているうちに大学を卒業し、今ではちゃっかり友人のようなポジションに収まっている。それがちっとも苦しくない。何故なら彼女が苦しそうにしていないからだ。谷本さんが楽しそうにしていると、俺も嬉しい。下村《しもむら》と会えた時の喜びと、谷本さんと会えた時の喜びは、もちろん違うものなのだが、どこがどう違うのか、俺は自分にうまく説明できない。そしてそれを、そんなに悪くないと思っている。

「あのね、正義くん」

「あ、うん」

「一つ言っておかなきゃいけないと思ってたことがあるの。すごく差し出たことをたくさん言うと思う。最初に謝っておくけど、許してくれなくてもいい」

ごめんねと、彼女は最初に謝ってくれた。この誠実さは大学生の頃から少しも変わっていない。何を言われるのか頭の中で思考する瞬間に、俺は何故かいつも、ギロチンにかけられる前の罪人を想像する。

「正義くん、今、付き合ってる人いる？」

「いないよ」

「これからつくる予定、ある？」

「うーん、どうかな。そんなに欲しいって思ったことはないんだ。草食系ってやつかな」

「でも、誰かと結婚する気はないんだよね」

「…………え？　何で？」

「私の結婚を妨害しちゃった自分を、正義くんが今でも許してないと思うから」

胸の奥を鷲掴《わしづか》みにされて、ぎゅっと絞られたような気がした。半分に切ったグレープフルーツを絞り上げたように、感情がドボドボ溢れて落ちてゆく。どうして。何故そんなことを彼女が思うんだ。何故そんなことを、彼女が理解しているんだ。

俺は絶対、そんなことは、おくびにも出さないように生きていくと誓っていたのに。

リチャードにさえ言うつもりはなかったのに。

絶句して硬直している俺の姿は、これ以上なく正確な答え合わせになったようだった。

谷本さんはいつもの顔でふんわり笑うと、あのね、と口を動かした。俺はこの映像を一生思い出すかもしれないと、頭のどこかで考えていた。時間がゆっくり流れているような気がする。

「それ、しなくていいよ」

「…………」

「そんなことしなくていい。あの時正義くんがしたことは、いいことでも悪いことでもなくて、ただ私にアドバイスをくれただけだったんだよ。私は別に、正義くんのためにあの決断をしたわけじゃないんだから。でもそれは、結果的に私にいいことになっているんだけどね。私は今の自分が、結婚して先生をしてる自分より、無理してない自分だと思うから、とても好き」

　目に映る風景が、静かにハレーションを起こしている気がする。全ての景色がいつもの一億倍くらいの圧力で俺の目玉に飛び込んでくる。喋っている谷本さんの姿が、大きくなったり小さくなったりしているようだ。大丈夫だ。これはしばらくすると治る。ちょっとテンションが上がりすぎた時には、こういうこともある。彼女の言葉を聞こう。

「もちろん、つらいことがないわけじゃないし、年上の人たちと親しくなってくると『結婚しないの？』って言われることは今でもあるんだけど、私ね、『はい、しないんです』って言えるようになったんだよ」

「……すごい」

「すごいでしょ。これって、気が楽になるだけじゃなくて、何かいいなって思った」

三十人に一人は性的少数派だという。性的少数派とはつまり、異性と恋愛をして結婚をして家庭を築くこととは違う、愛情表現を望んでいる人という意味だ。しかしこうして分けてみると、何故こっちが『少数派』なのかと若干疑ってしまうくらい、ざっくりしたくくりである。愛情の形なんて、それこそグラデーションであるはずなのに。『そういう人』に出会ったことがないと思っているのなら、それは『出会っているがそうとはわからなかった』だけであると、俺は大学二年の時にリチャードに教えられた。

そして、自分とは違う人たちばかりの世の中で、『自分はそっちじゃないんで』と意思表示することは、居酒屋でみんなビールを頼んでいる時ウーロン茶を注文するよりずっと、ずっと勇気が必要なことである。丸く収まることを尊しとなす文化があるような国では、なおさら。

「だって私が教えてる生徒の中にも、いろんな子がいるはずで、もしかしたら私はその子たちの助けになれるのかもしれないなって思ったら、勇気が湧いてきたんだ。別に戦うとか戦わないとか、そういうことじゃないんだけど、うーん……」

はにかみ笑いで考えながら、谷本さんは言葉を探しているようだった。俺は待つ。彼女は考える。クリームソーダの氷が音もなく揺れた。

彼女は顔を上げ、まっすぐ俺を見て、微笑んだ。

「私が私でいることで、ひょっとしたら救われる人もいるのかもしれないって、初めて思えたんだ」

たとえば、石が好きなこと。

たとえば、クリームソーダが好きなこと。

たとえば、好きな色が白であること。

たとえば、恋愛をしないこと。

ただそうであるだけで。

俺は頷いた。

「俺もそう思う。本当にそう思う。すごく勇気の必要なことだと思うから」

「……ありがとう。こういうこと考えられるようになったのは、正義くんと、リチャードさんのおかげなの。本当に、私は感謝したい人が多すぎて困っちゃうくらいなんだけど、中でも正義くんは特別。大好きな人だし、尊敬してる」

「照れるよ」

「だから、私を待ってなくていいよ。そんな責任、感じないでほしい。私がどこかで、恋人が欲しいなって思い始めた時に颯爽《さっそう》と現れる、王子さまをスタンバイしてなくていい。だってそれを私に言わないのは、私がずっと王子さまを欲しがらなかった時には、何も言わないで消えるつもりだからでしょう」

「…………」

「私は、正義くんにそんなことしてほしくない。でも、でもね、ずっと友達でいてほしいとは思ってるの。本当に思ってるの。大好きだし尊敬してるから。ええと、私は、多分、男の人だったらよかったのかもしれないね？　そうしたらこんなこと頼んでも、別に変じゃないでしょ。何でかな。私は女の子に生まれてきたこと、嫌だって思ったことはなかったんだけど、正義くんのことを考えると、申し訳なくて」

「やめてくれよ。谷本さん」

「ごめんごめん。女がこういう時に泣くものじゃない、嬉しい時に泣くんだって、おばあちゃんに言われてたのに。ファミレスって助かるね。ナプキン使い放題」

「…………男でも女でも、泣く時には泣くよ」

「正義くんも？　あ、はい。ナプキン」

「ありがとう」

俺たちは二人、向かい合った席で、それぞれ静かに泣いた。なんだこの光景は。別れ話をしていると思われるかもしれない。ここは彼女の職場の近くなのだから、関係者がいたら困る。せめて俺だけでも醜態《しゅうたい》をさらさないようにしなければ。

ポケットからティッシュをとりだして、適当にはなをかみ、顔面を整えた頃には、彼女はもういつもの顔でクリームソーダを飲んでいた。相変わらずかっこいい人だ。

「……ランチ、ピザとかにしておけばよかったかな。そうしたら二人で、口のトマトソースをふいてるように見えて、微笑ましかったかも」

「トマトソースって、目につくかな……」

「あはは、そっかあ。私時々こういうこと言って、生徒にも呆れられるんだよね。授業はそこまで、抜けてるわけじゃないと思うんだけど」

「それって、そんなに悪いことかな。俺はいいと思う。俺、谷本さんのそういうところ、すごく好きだよ」

「……うん。そうかな。うん、ありがとう」

いろいろな感情の受け渡しが、双方で完了する言葉だった。好きだよ。ありがとう。好きだよ。今までにもどこかで供養《くよう》しきれないでいた、大学時代の俺の恋の残滓《ざんし》は、岡山のファミレスで涙になって、俺の中から滴《したた》り落ちた。

ありがとう――か。

「谷本さん、『ありがとう』は俺の台詞だよ。友達でいてほしい相手に、そういうこと言ってもらえたら嬉しいよ。当たり前だけど」

「…………」

「でも、とことん駄目だな。王子さまなんて狙ってたつもりはなかったけど、俺が考えてたことは全部筒抜けだったんだ。ごめん。誰かが俺に同じことをしてたらって考えると、気持ち悪いと思う。それでも友達でいてほしいって思ってくれること、本当に嬉しい」

「謝ることじゃないよ。っていうか、それは、人によっては、すごくゴージャスなことなんじゃないかな？　だって正義くんだよ？　いろんな国の言葉が喋れて、公務員試験の一次に受かっちゃって、空手もできて、とっても優しくてかっこいい男の人が、いつまでも待ってるよって思ってくれるなんて、宝くじにあたるよりラッキーなことじゃない？　うん……何だか、自分で言っていて、変な気がしてきた」

「ひょっとして、新海《しんかい》さんがそう言ってた？」

「あっ……ばれた。ごめん。うん、亜貴ちゃんには相談したの。そういうふうに言われた。でも」

谷本さんは首を横に振った。バレエダンサーの新海さんは、今はかつてとは異なるバレエ団で踊っているはずだが、谷本さんとの友情は変わらず続いている。ありがたい。俺という人間を、そういうふうに評価してくれる人がいることに、今は多少、救われる気持ちだ。

「ゴージャスかあ。俺はゴージャスな人間だったのか」

「正義くん、今のゴージャスの発音、すごく横文字だったよ」

調子に乗って、俺はリチャード風に『ゴージャス』を発音する。このジャの音が好きだ。

発音時に舌を派手に動かしすぎると窘《たしな》められるが、ちょっぴり受けはする。谷本さんも笑ってくれた。

その後、俺たちはデザートを注文して食べ、それぞれ自分が食べた分を精算し、道ばたの石を指さしながら谷本さんが加えてくれる解説を楽しんで、駅前まで歩いた。

一泊する余裕はないのだ。

本当なら、香港から帰ってきて、谷本さんと会って、しばらく東京で身の振り方を考える予定だったのだが、予定が変わってしまった。

「じゃあ、もう一回新幹線なんだね」

「うん、関西国際空港から飛行機だから。どうせなら、福岡国際空港も使ってみたかったなあ」

「日本列島縦断？　楽しそうだねえ。山口県から福岡県に行くならフェリーに乗れるよ」

ひろみだったら「なに馬鹿なことを言ってるの」と言いそうなことを、谷本さんは本気で面白がってくれる。ここから鉄道で行くならこういう山が見えて、そこの地質はねと、あれこれ教えてくれるのも嬉しい。彼女の目に映る世界は、きっと土や石の名前で鮮やかに彩られているのだろう。

「ん？　正義くん、どうしたの」

「何でもない。日本って案外大きい国だって、こういう時ちょっと実感する」

「本当だね。これから……また、スリランカ？」

うん、と俺は頷いた。新幹線のホームまで、彼女は見送りに来てくれた。街から街へ、国から国へ。アメリカにいようが、フランスにいようが、やっていることは全然変わっていない。ただそこに俺の大切な人たちがいてくれることが、しみじみと嬉しい。

「大丈夫なの」

「断言はできないけど、多分。もう戒厳令は解除されてるし、夜間外出禁止令もなくなってるから」

「でも、ぴりぴりした空気は残ってるって、さっき見せてくれたニュースには書いてあったね」

「逆かもしれない。今までもどこかしら、ぴりぴりしてはいたんだよ。でも俺がそれに気づけなかったんだと思う」

「そっか。わかった。じゃあ気をつけて」

谷本さんは、潔《いさぎよ》い。聞くだけ聞くと、黙って送り出してくれる。俺が初めてスリランカに旅立とうとしていた時も、単身どうしたらいいのかと迷っていた二年生の冬も、同じように。

俺ははっと思い出して、香港の夜景のことを伝えた。小さな窓のたくさんある大きなマンション。苦土橄欖石《くどかんらんせき》入りの隕石標本のスライスにそっくりで、きっと谷本さんも好きだと思う。人の営みの輝きが、石の輝きのように見えたと俺が伝えると、彼女は花のように微笑んだ。

「正義くんはもう、りっぱな石屋さんだねえ」

「……そうかな」

「そうだよ。美しいものを見て、石のことを考えるようになったら、もうそれは石屋さんだよ。別に、検定試験があるわけじゃないんだよ。ただ、石を美しいとか、尊いとか思う気持ちがある人は、『石屋さん』でいいんじゃないかな」

　俺ははたと、シャウル教あらため、美しいものを美しいと感じる教のことを思い出した。同じだ。ほとんど同じことを言っている。シャウルさんも谷本さんも、自分の美意識を大事にする人間で、それはそのまま価値観を大事にすることに繋がっている。この二人の仲間にいれてもらえたら、地球上に怖いものはない気がする。

「谷本さん、ありがとう。また連絡する！」

「うん。私もブログ、読みにいくね。だから気をつけて」

　ベルが鳴る。耳が痛いほどの音量だ。慌てて車内に引っ込むと、待ち構えていたように駅員さんがホイッスルを吹き、ガスの音をたてて扉が閉まる。窓ガラスの向こうに谷本さんがいる。次はいつ会えるのだろう。ちゃんと会えるだろうか。来年？　再来年？　もっとあと？　それとももっとすぐに？　わからない、でも。

「また！」

口の形しかわからなかったとしても、これだけ短い言葉なら、通じただろう。

彼女は笑い、同じ口の形で答えてくれた。また。

また会おう。

少しずつ遠くなってゆく間も、俺は窓ガラスに顔をはりつけて、ずっと手を振っていた。彼女も振ってくれた。ありがとう。大好きだ。大好きだ。幕の内側で王子さまになるチャンスをうかがうのはもう終わりだ。大手を振って彼女の友達でいさせてもらおう。

大好きだ。今も、昔も。きっとこれからも。

俺は小さく深呼吸をし、スピードに乗り始めた新幹線の中を歩いて、空いている自由席を見繕《みつくろ》って腰かけた。端末を確認する。日本にいる間も、キーボードは結局英語のままだった。多分これからもしばらくはそうだろう。

さてと。

持ち物を確認する。飛行機のチケット。パスポート。駅のロッカーから回収したバックパックに、必要なものも詰まっている。

俺の行くべき場所は、もう決まっている。

「アロ？」

フランス語の『もしもし』の響きは、いくらか攻撃的である。そのあとの携帯端末との会話を、彼は英語で続けた。英語、英語、時々は日本語。

英語はスピーディな情報伝達に優れた言語である。特に何かを断定して言いきるのが得意だ。それとは対照的に、日本語は感情表現に優れた言葉で、嬉《うれ》しい、悲しい、ちょっと困っている、寂しい気がするなどなど、繊細で微妙な思いを、大量の母音を伴う言葉で伝えられる。たくさん口を動かすので、そのぶん発音に時間がかかって、長い時間をかけて自分の気持ちを伝えられる。

二人の人間は奇妙な言葉でやりとりをした。英語、フランス語、日本語。情報の伝達には英語を、ジョークには軽妙なフランス語を、そして「しかし」「ですが」「とはいっても」などの、重要な接続詞や、自分の気持ちを述べる部分には、日本語を用いる。

それは日本語や、英語や、フランス語というよりも、二人の間でのみ齟齬《そご》なく伝

三カ国目
スリランカ

わる、コミュニケーションの極北だった。他の相手には、よくわからない。だがそれで構わない。何より内密の話をしているような時には。

「ですが……………と思っているのです。しかし………………………と思います。ええ。その通りです。ですが…………」

話は、続く。

二人は三十分以上、ずっと喋《しゃべ》り続けていた。片方が車を降りてレジデンスの中に入ってきた時には、既《すで》に回線は繋《つな》がっていたので、あるいは一時間以上会話を続けているのかもしれない。

四十五分後。回線は切れた。

会話が終わった時、男は深く息を吸い込み、しばらく胸郭《きょうかく》に空気を留めてから、大きく吐き出した。どんな言語を選んだとしても言葉にならないものが、静かな濁流《だくりゅう》のように流れる音のようだった。

携帯端末をソファに放り投げると、男は車のある庭へと戻っていった。荷物を回収する様子である。藍《あい》色のアストンマーティンのドアが開く音、トランクの開閉の音が続く。

俺はダイニングの収納から抜け出した。沸かしておいたお茶をカップに注ぎ、冷蔵庫からサンドイッチのプレートと、切ったばかりのフルーツの皿を並べ、男を待つ。

家の中に戻ってきた男――リチャードは、俺の姿を見ると目を見開いて後ずさりした。

荷物を放り出さなかったことを感謝すべきだろう。俺だったら走って逃げている。

「どうも。ミルクマン中田《なかた》です。覚えてるか？」

「何故《なぜ》」

「説明は難しいんだけど」

「何故だ」

「本当に難しいんだけどな」

「何故！」

「最初に謝る。ごめん。実はさっきから家の中にいて、帰ってくるのを待ってた。驚かせようと思って隠れてたんだよ。全部はわからなかったけれど、いくらか話を聞いたと思う。ごめん。本当に申し訳ありませんでした」

リチャードはまだ、応《こた》えない。今日の服は南国らしくラフなベージュのシャツに、紫がかった青のパンツだ。金、白、青と淡い色合いの体を持つこの男は、何が一番自分を美しく――自然に見せるのかよく心得ている。こんなにくたびれた顔をしている時ですら。悲しくなるくらいだ。

それにしても驚いているらしい。当然だ。自分の所在地を把握《はあく》しているはずのない人間が、ピンポイントで待ち伏せしていたのだから。

「……なあ、今日は木曜日だから、サジャンさんのところからミスター・ラージェーンドラのところまで、六件まわってきたんだろう？　俺がいない間には、ハキーヤイのほうに連絡をしろって言ってくれたのは、シャウルさんだったのかな。これからの仕入れに不備が出ないように、俺のやるはずの仕事、繋いでくれたんだよな」

「あなたは日本に帰っているはずだ。一度は香港《ホンコン》を訪れたあとに、再び日本に帰ると、私はそう聞いていた」

「俺だってもう少し日本にいるつもりだったよ。でも」

いろいろな線が繋がってしまったのだ。

最初はギンザ シックスの上で聞いた電話だ。応答するまでの時間はとても短かった。会話も最初からしっかりしたテンションだったので、眠っていなかったことは明らかだ。アメリカや南米など、昼夜が逆転する場所ではない可能性が高い。加えて車を運転しながら喋っていたということ。深夜の運転中のテンションではなかった。リチャードは用心深い男だし、銀座《ぎんざ》でジャガーに同乗させてもらっている間にも、ブルートゥースでお客さまとの会話を小耳に挟むことはあった。夜の声と昼の声くらいは聴き分けられる。

そして香港でシャウルさんに聞かせてもらった留守録。日本までの飛行時間は八時間。ジェット気流に乗れるか逆らうかで、飛行時間は変化するが、大体スリランカから日本までの飛行時間と一致する。直通便は少ないので、乗り継ぎ便にする場合は、もっとかかることもあるけれど。

何より確定的だったのが、窓を開けた状態で車を運転していたという情報。もし本当に、リチャードが走っているのがオーストラリアの道路だったとしたら、ありえない話だ。九月の『シドニー』は冬が終わるか終わらないかという時期である。南半球と北半球の季節は、きれいに反転してしまう。今のオセアニアはウィンタースポーツ花盛りの時期だ。もっともリチャードだって、シャウルさんがあの音声を俺に聞かせるとは思っていなかったのだろうが。

北半球、直行便で六時間の距離、時差は軽微。もう答えは決まったようなものだ。

リチャードは今、スリランカにいる。

一時帰国した、俺の分の仕事をするために。

「俺とお前は、今は一応、同じ職場の人間だろ。だったら、これから先も宝石商として働くことを真剣に考えているなら、こんなふうにかばってもらってばかりいるのは、幸先が悪いと思ったんだよ」

「愚《おろ》かなことを。私やシャウルとあなたでは、緊急事態にとれる行動の幅が農業用水とインダス川ほども異なる。危険指数のわからない戦場に新兵を放り込む教官はただの異常者です。どのような道を選ぶのであれ、あなたには少しずつ経験を積んでもらわなければならない。私は無責任な進軍ラッパ吹きになった覚えはない」

「わかってる。確認もしないで帰ってきたことは本当に悪かったと思ってる。申し訳ない。

この通りです。すみませんでした。でも」

後悔はしてない。

「さっきの話は…………いや、いい。それよりこれ、食べてくれ。元気が出るから」

「……何ですか、これは」

「中田スペシャル、フルーツ添え、ロイヤルミルクティーつき。それからいろいろ」

俺はテーブルに並べた食事を手で促《うなが》した。すぐに戻ってこないかもしれないと思ったので、スリランカでの必需品、虫よけのフードカバーをかぶせてある。網戸の網をそのまま籠《かご》状に編んだもので、食事中に仕方なく離席するような場面で重宝する。かぶせたままでも、中のものは透けて見える。

ロイヤルミルクティーはアイスだ。煮だしてから冷蔵庫で冷やした。

それからフルーツ。バナナ、マンゴー、庭でとれた酸っぱい赤い木の実も数粒。

中田スペシャルは、言わずもがなプリンである。しかし今回は日本から帰国してきたばかりなので、お土産《みやげ》がある。岡山に赴《おもむ》く前に、銀座のデパ地下を巡って手に入れた。最近発売したばかりの洒落《しゃれ》た洋菓子、和菓子、持ち帰り可能なゼリーの盛り合わせも、別皿に添えてサーブしておいた。小さな孫をおもてなしする、お金持ちの祖父母のようなメニューかもしれない。

相変わらずの美貌《びぼう》だが、隠しきれない疲労を滲《にじ》ませた男は、絞り出すような声で言った。

「…………代金を支払います」

「今更か。何年前に終わったやりとりだよ」

「それ以外、私はあなたの厚意にお返しできるものがない」

「俺のほうがお返しみたいなものなんだぞ。それでもお前は『支払う』『返す』って言うと思うけど、まあ、お互いさまってことでさ」

「本当に何もないのです」

珍しく、かぶせるような言い方だった。

疲労だけで片づけることはできそうもない、野の獣《けもの》のような激情の影に、俺は少し、構えた。何でもこいという受け身を精神にとらせる。大丈夫だ。そういうことを眼差《まなざ》しで伝えると、リチャードの瞳が揺れた。本当に珍しい。この男がこんな、見え透いた餌《えさ》にかかるほど、支えを必要としているのは。

「…………デボラが」

ああ。

さっきの話は、俺にも半分くらいは聞き取ることができた。日本語の部分はもちろん、英語の部分も何とか。フランス語はまだ駄目だ。二人の人間が手加減抜きの立て板に水で喋っているのを理解できるような耳は、まだ、ない。デボラ、という名前は聞き取ることができたにせよ。

リチャードの過去の、婚約者の名前だ。

遺産騒動でリチャードが恋破れたあと、二人の子どもの母親になったことも知っている。だがさっきの会話の相手も俺にはわかっている。この男があんな話を、ミックス言語で話すことができる相手は、俺の知る限り一人だけだ。

「ジェフリーさんが、彼女のことを何か？」

「……情報を持ってきました」

沈痛な面持ちよりもなお、声は暗い。プリンを食べる元気もないようだ。

「離婚したそうです」

「は？」

「父親の側に何やら問題があったそうで、今の彼女は、一人で子育てをしているそうです。ベルリン在住。仕事は政府関連の日本語の書類の翻訳《ほんやく》。私は……彼女とは定期的に連絡をとっていました。とっているつもりでいました。ですが彼女は、私にはそんなことは一言も言わなかった」

胸の奥にひゅっと、風が吹いたような気がした。

世界の国や地域によって、人々の事情は様々だ。だがどれほど世界や時代が変化しても変わらないと思うのは、幼い子どもを抱えたまま離婚する女性には、相当の理由があるということだ。俺の祖母のように。母のように。

そして彼女は、現在進行形でリチャードを『糾弾《きゅうだん》』している、オクタヴィア嬢の関係者でもある。

何があったんだ。ジェフリーはそこまで調べてくれたのだろうか。

それはただの、夫婦関係の変化の末の問題だったのだろうか。

それとも。

俺が何も尋《たず》ねられずにいるうちに、リチャードは何も言わず、ダイニングの椅子に腰かけた。食事に手をつける様子は、ない。

「…………疲れました」

ぽつりと。

冬枯れの木から冷たい雨滴《うてき》がしたたり落ちるように、リチャードは呟《つぶや》いた。静かで冷たく、特に誰の反応も求めていない言葉で、止まらなかった。

「何故こんなことばかりが起こるのか。陽《ひ》が沈み、昇ることに意味がないように、全ては解釈の問題です。私には関係がないと割りきることもできる。しかし、何故、こんなことばかりが起こるのか、私は何か、どこかの宗教の神に恨みを買うようなことでもしたのか、であればどうすればその恨みを取り除くことができるのか、そろそろ誰かに質問したいような心地です。体が休息を、頭が理由の説明を欲しています。何故だ」

俺は何も言わずに黙っていた。こんな時に何を言われたって、邪魔になるだけだろう。

沈黙の時間が流れたあと、リチャードは俯《うつむ》き、しかしはっきりした口調で告げた。

「あなたの顔を見たくなかった」

「…………」

「本当に会いたくなかった。弱音を吐く自分の姿が容易に想像でき、そんな自分に嫌気が差した。しかもその想像が現実であることを今ここで証明している我が身の醜悪《しゅうあく》さに、煙になって消えてしまいたいような気持ちです」

「……いや、それは、ないだろ」

「『美しい』と？　あなたはいつもの声で言うのか」

ようやくリチャードが顔を上げてくれた。きれいだ。さっきの声が冷たい水滴ならば、本体は雪の結晶で形作られた人形のような儚《はかな》さだ。近づくのを躊躇《ためら》いたくなるほど冷たく儚くみえる。

でも今の俺が言うべきなのは、そんなことではない。

「そういうことじゃなくて。俺はすごく、リチャードに会いたかったたって話だよ」

「……左様でございますか」

「左様なんだ。お前には怒られそうだけど、前からずっと、そういう話を聞かせてほしかったんだよ。『力になりたい』っていうより、倒れそうになる時のクッションみたいなものになりたくてさ。だから、申し訳ないけど、俺、今けっこう、喜んでる」

「不謹慎です」

「申し訳ございません」

「誠意がない」

「そっちは元気がないぞ」

「ああ言えばこう言う」

「誰に似たかな」

「……私はいいお手本にはならないと、何度も伝えたと思っていたのに、言い忘れていたのかもしれません」

「誰をお手本にするか、しないか、そんなのは俺が決めるから、別に教えてくれなくていい。頑張りすぎる部分とか、気を使いすぎる部分とか、そういうところは真似しないつもりだけど」

「真似するまでもない部分です」

「うん、そこは似た者同士だな」

リチャードは力なく顔を上げ、俺を見て笑った。特に喜んでも呆《あき》れてもいない顔だ。まだ食べ物に手をつける様子はない。

どうしたものかと思っていると、玄関のほうから甲高い声が聞こえてきた。何かをひっかくような音もする。犬の声だ。もしかして。

か？」

「ジロー！　そうだ、シャウルさんには預け先を連絡してあったよな。出してやっていい

「回収してきました。しばらく面倒をみたかったので。まだケージの中ですが」

「……ジロー？」

返事は簡潔な「オフコース」だった。「もちろん」よりも、口の動きが少なくてすむ。本当に疲れているらしい。こういう時こそ甘味の出番だが、もし、甘味でも追いつかないくらい、リチャードがくたびれてしまっているのなら、俺の愛するジローが秘密兵器になってくれるかもしれない。

小柄なスリランカの犬は、俺のにおいを確認するとエキサイトし、キャンキャンと俊敏に跳ねまわり、抱き上げると顔を舐《な》めた。舐めまくった。おかえりと言ってくれる相手がいるようでほっとする。腹が減っているかもしれないと、ジロー用にした皿に餌を置いたが、それよりなにより俺俺俺という感じで足元にまとわりついて離れない。本当に可愛《かわい》いやつだ。

「いい子にしてたんだなあ。よしよし、よしよし。怖かったよな、俺も怖かったよ」

「…………」

「こっちの人は俺の先輩で、リチャードっていうんだ。多分、犬は好きなはずだから、怖がらなくていいぞ」

俺は確認のように、まだ犬は好きか？　と尋ねた。返事は簡潔だった。

「とても」

よかった。俺はジローの尻を抱いたまま、そっとリチャードに手渡しした。最後に体重を量った時には、四キロほどだったはずなのに、今は少し重くなっている気がする。日々育っているのだ。

毛の短い雑種の犬を抱き、リチャードは毛皮の中に顔をうずめた。高そうなスーツの膝《ひざ》を、後足で立ったジローがひっかいている。大丈夫だろうか。俺のほうを振り返って、ちょっとこれをどうにかしてくださいと伝えるジローの黒い目が愛くるしい。だが苦しそうに見えるのは不憫《ふびん》だ。

強く犬を抱いたリチャードは、俺に顔を見せようとしない。

「感想は？」

「あたたかい」

「犬だからなあ」

「嫌がられています」

「強く抱きすぎてるからだよ」

「……強く抱いてもじっとしている犬を所望します」

「ちょっと大型になるぞ」

俺はジローを受け取り、床にそっと放してやると、入れ代わりにリチャードの肩に腕を回した。肩口に額を当ててハグする。特に喋ることはないので、喋らない。リチャードも無言だった。

「犬の鳴き真似しようか？」

返事はない。俺も黙っていたほうがいいだろう。

思えば俺も、こういうふうに励ましてもらったことがあった。イギリスでのことを思い出す。あの時も説教されながら勇気づけられていた気がするが、ひょっとしてあの時にはリチャードも嬉しかったのかもしれないと、今になって俺は思った。迷惑すぎるだろうが行くと決めたら行くと、自分の気持ちにばかり拘泥《こうでい》していて、相手の気持ちを考えていなかったが、こうして今まで付き合いを続けてくれているのだ。

そんなに、致命的に嫌われたことは、ないのだろう。

けっこう好かれているのだなとも、今は思う。

だから俺はこの男を絶対に裏切れない。

飽きたジローが餌を食べ始め、食べ終わってしまい、もうちょっとないのと俺の足元に催促にやってきた頃、リチャードの大人しい犬需要は終わった。再び長いため息をつくが、今度は、さっきほど深い淵《ふち》の気配はなかったように思う。

「…………回復しました。ありがとうございます。非常に、情けない」

「どんどん頼ってくれ。ハグは上達してるんだ。中田さんのおかげでさ」

「幼い頃には私も、ゴドフリー卿《きょう》に抱いて励ましていただいたものです」

ゴドフリー卿というのは、確か、ジェフリーとヘンリーのお父さんだったはずだ。リチャードの育ての父親でもある。そして今、まさに、死にかけているはずのクレアモント伯爵である。

身内の死期が近いだけだって、メンタルにかかる圧力は相当なものになるというのに、そこにわけのわからない離婚の話まで加わったら、俺だったら叫んで鉈《なた》を振り回してココナッツを割りまくっても収まらないかもしれない。タイのココナッツと違って、オレンジ色で小ぶりなスリランカ産ココナッツは、サイズ感が意外と人間の頭蓋骨《ずがいこつ》に近い。

もう一回ハグするか？　と両腕を広げると、リチャードは礼儀正しく無視し、食卓に向き直った。蚊《か》よけのフードカバーをかけたフルーツとプリンが、ようやく報われる時がやってきた。

「無理してまで食べなくていいぞ。消化のいいものばっかりだとは思うけど、ちょっと糖分が」

「そういえばこれが、スリランカに到着して以来、着席してとる初めての食事です」

「前言撤回だ！　食べろ、何でもいいから食べてくれ」

「携帯食料のようなものは食べていましたよ」

「もう頼むから」

「はいはい」

そう言って、リチャードは笑った。笑ってくれた。自分が笑うと中田正義《せいぎ》にどんな効果があるのか、よく心得ている笑顔だ。ほっとするし安心するし、相変わらずきれいだ。果物の皮を剝《む》いてプリンを作って並べる程度でこの顔が俺に笑ってくれるというなら、もう地球を何周でもしてやろうという気分にさせてくれる。

そんなふうに喜んだところで、状況が改善するわけでもないのだが。

ものは考えよう、気は持ちようだ。そして俺はリチャードの笑顔が好きだ。

ジローと戯《たわむ》れつつ、目立たないところで立って待っていたつもりだったのだが、背筋正しく食事をする男は、しばらくすると沈黙したままの俺に違和感を抱いたようだった。

「何ですか。その顔は」

顔なんて見えないだろ、とは言えなかった。よくよく見ると庭へと通じる扉についた、はめこみ式の窓ガラスに、俺の顔が映っている。ジローのおかげで辛気くさくはないと思うが、何やら悩みがありそうな表情ではある。そして今更ながら、やっぱり俺は日焼けしているようだ。スリランカの日差しは宝石を輝かせ、肌を焼く。

「……何を質問したらいいのか、考えてる」

「では私から喋りましょう。デボラの離婚の理由は、現在ジェフリーが調査中です。第三者の介入があってのことなのか、それとも自然な関係の変化が原因であるのか、それだけは突き止めなければ」

胸が悪くなる。リチャードのいう『第三者』とは、恐らくオクタヴィア嬢、あるいはクレアモント家執事室のことを言っているのだろう。過去、リチャードの祖母が家に便宜《べんぎ》を図ってもらうためにばらまいたというフェイクジュエリーの回収のために、執事室がオクタヴィア嬢の復讐心《ふくしゆう》を利用しているという話は、プロヴァンスで聞いた通りだ。いきりたつ女の子の激情を、大人たちがいいように盾《たて》にしているというのが、恐らくリチャードの解釈だろう。俺はそう理解している。

だがもし、リチャードにあれほどのため息をつかせたニュースの原因も、オクタヴィア嬢なのだとしたら。

胸中の解釈を改めなければならないだろう。もちろん優しいリチャード先生も。十七歳は子どもだが、幼児という年齢ではない。やろうと思えば大抵のことはできてしまう。そして行動には責任が伴う。リチャードは優しい男だが、俺はリチャードほど物わかりがよくはないし、直情的だし、大事な相手を傷つける人間には容赦《ようしゃ》しない、と思う。しない人間でありたい。

もちろん、何か行動を起こすにしろ、十全に状況を把握《はあく》してからだと、俺は思っていたし、リチャードもジェフリーもそう思っていたのだろうが。

「………行くか、スイス」

「あなたが？」

「スイスにいるんだろ、その女の子。話を聞きに行くくらいなら、いいと思う」

ことがここまで煮詰まってきた今、もう下調べなど放り出して、本人に尋ねるのが一番手っ取り早いだろう。リチャードは力なく笑う。呆れているようだ。俺はこいつのこういう顔のほうが、雪の結晶のような風情《ふぜい》よりよほど好きだ。

「それでもし、しらを切り通すと決めたオクタヴィアに『デボラ先生の家族のことは知りませんでした』と言われたら、あなたはどうするのです。彼女は非常に頭のいい女性です。何の証拠もなく問い詰めたとしても、知らぬ存ぜぬで逃げきり、引き続き思いを遂げようとする可能性が高い」

「うわっ、そういう理由で外堀を埋めてたのか。俺はてっきり、その、まだ高校生くらいの女の子だから、責めるのはかわいそうに思って控えてるんじゃないかって」

「彼女のことをそのように評するのは不適切です。日本でいえば高校生ほどの年齢ということは否定しませんが、自分は頭がよすぎて学校に通うのには適さないと、彼女自身が言っていたのをよく覚えています。現実認識に優れ、自分の欲望の形を知る人間は強いものです。勝ち筋を見つけてから攻め込まなければ返り討ちに遭《あ》います」

「……何だか、好敵手のことを話す、シャーロック・ホームズみたいだな」

「そんなごっこ遊びをしたこともありました。私やデボラがワトソン一号、二号で、彼女がホームズ」

「豪華なワトソンだなあ。何か他に食べたいものあるか？　俺はそこそこ料理の得意なワトソンだから、久しぶりに何でも作ってやれるよ」

「しかし、この家には食材が……」

「買ってきた、買ってきた」

最寄りのスーパーマーケットで、卵やら野菜やらは準備済みだ。日本から持ち込めるものは容量の限度まで購入してから飛行機に乗り、こちらでも購入できる調味料はコロンボのスーパーで手に入れてキャンディに戻った。それにしてもオイスターソースが千円近い値段とは畏《おそ》れ入る。

ほとんど下準備は済んでいたので、俺は手早くソースをまぜ、卵を焼き、つけ合わせを盛って中田スペシャル第二陣を提供した。

オムライス。

カレー。

合羽橋《かっぱばし》で購入してきた、どこかの会社の何かの器《うつわ》に一番よく似た形状のパフェグラスに、ミルク味のアイス、ジャム、果実。

「お待たせいたしました。本日のアラカルト、オムライス・デミグラスソースに、デザートのパフェでございます。いちごはジャムと、乾燥戻しですが、これが今の精一杯だ。ごまかされてやってくれ」

「…………」

「福神漬け、四種類あるから。いらなかったら俺が食べる。どっちも食べたかったら、半分ずつしよう」

こんなふうに、スリランカの家で料理をするのは久しぶりだ。本当に久しぶりだ。日本に戻って初めて、懐かしさの意味を一段深く理解したように、こうしてスリランカの空気を吸って、改めて自分がここでの生活を楽しんでいたこともよくわかった。緊急事態に巻き込まれて焦りはしたし、自分の理解の至らなさにうちのめされもしたが、それでも俺がここで頑張ってきたことが、全部なかったことになったわけではないのだ。

リチャードは、テーブルの上の料理を眺めたまま、唇を引き結んでいた。これは、大丈夫な時の顔だ。どのお菓子にするか悩んでいる時の顔によく似ている。何だか俺よりも子どもっぽくて、数ある俺の好きなリチャードの表情の中でも、最もいい感じな表情の一つだ。癒《いや》される。しかし、むくれている理由はわからない。

「どうした」

「…………元気が、出てしまう」

「元気が出ちゃいけないみたいな声で言うなよ。笑っちゃうだろ」

「元気が出たら頑張らなければならないではありませんか。このようなことを告白するのは著《いちじる》しく慚愧《ざんき》の念に堪《た》えず、またあなたの私に対するイメージを損なう可能性の高い行為ではありますが、今日の私はもう少しへこたれていたいのです。あなたがいないこの家で、ばったり倒れて犬を抱き孤独な昼寝をするつもりでした」

「そういうこと言ってくれるお前、本当に最高だよ。じゃあ元気がないふりをしてくれ。俺もわかってない感じで、適当に励ますから」

「……何やら、だんだん大人になってきましたね」

「おかげさまでな！　なあ本当に嬉しいんだぞ、俺は」

　そう言うと、リチャードは笑って、スプーンを手に取ってくれた。やっと、やっとだ。食べてくれ。食べると元気が出る。しかしそれは、もっと頑張ってほしいという意味ではないのだ。全く、そんなことではないのだ。狩猟採集民族の戦士が、貴重な肉を食べたからには飢《う》えた仲間のために獲物《えもの》をとってこなければと命を懸けて戦いに挑んだ時代はもう遥か彼方《はるかかなた》だ。自分のために元気をとっておいてくれ。是非《ぜひ》温存してくれ。そして豊かに、余裕いっぱいに、幸せになってくれ。それが俺を幸せにしてくれる。

　だからこそ、リチャードがスリランカで何をしているにしても、そういう気持ちになってほしくて、俺はここにやってきて、準備を整えていたのだ。

　思いのほか、食事は静かに進んだ。白いクロスを敷いたテーブルは、ものすごく想像力を豊かに働かせれば、銀座のとある老舗《しにせ》西洋料理店のレストランに見えなくもない風情だったが、いかんせん熱帯である。足元には可愛い犬もいる。違うものは違う。中田スペシャルにも限界はあるのだ。

次はいつリチャードと一緒に、あの場所で食事ができるだろう。できないとは思わない。近い将来、確実にできるだろう。だがそれがいつになるのか、まだ想像できない。これはそこに至るまでの、飛び石のようなものだ。そして本当に、あの赤いビルディングに入った時に、そういえばあの時こんなことをしたよなと、思い出して笑ってもらうためのダシだ。オムライスの中の具材は、たまねぎとチキンの他にも何か入っていたのか、次に訪れたらメモをとってこよう。

どちらが先に冗談を言うのか見計らっているような、コミカルなほどのしめやかさの中で、食事は行われた。カレーは俺が。オムライスはリチャードが。パフェは二人分準備しておいたので、デザートの時間もつつがなく。アイスロイヤルミルクティーは、最初から最後まで大活躍だった。それにしてもスリランカのキリテーという甘いミルクティーに慣れた今、リチャード流のお茶は薄味に思えてくるから恐ろしい。

腹と心を満たすような時間のあと、リチャードはだしぬけに呟いた。

「私はとても元気がないので、手伝いを所望します」

「ＯＫだ。何を手伝う？」

「庭に椅子を運びます」

「椅子」

わかった。俺は頷《うなず》き、何かの準備を整えるリチャードを手伝った。ポーチの下に置いてあった籐《とう》の寝椅子を庭に運び出し、足元で日本のマークの入った蚊取り線香を焚《た》き、俺が開けたことのない三階の収納から、一抱えはある白い厚紙の箱を運び出す。高級な衣料品でも入っているのだろうか？　それにしては重い。

箱の中には、白い緩衝材の内側にガラスの瓢簞《ひょうたん》のようなものが入っていた。水を注げば二十リットルくらい入るだろうが、恐らくそんな用途の品ではないだろう。瓢簞の上部には銀色の金具がくっついている。ガラスの部分は上品な珊瑚《さんご》色で、美しい金めっきの模様に、白やパステルカラーの絵の具の花模様がちょんちょんと絵付けされていた。唐草模様がトルコ的だ。金具からはホースのようなものが二本、伸びている。先端が細くなっていて、銀のホイッスルのような吸い口が見える。

「……これって、もしかして」

「煙草《たばこ》です。子どもでも吸うことができる類《たぐい》のものですが。フッカー、ナルギレ、あるいはシーシャと、地域によって呼称が違います」

「水煙草か！　初めて見たよ」

しかし煙草である。肺にニコチンをいれる行為だ。俺はやったことがないし、歩き煙草の煙を誤って吸い込んだりすると、しばらく派手に咽《むせ》る始末だ。

リチャードが喫煙者だったとは知らなかった。吸い口が二つあるし、篠椅子《しょうばん》は二つ庭に出ているし、一緒に吸えと言われたらどうしよう、涼しい顔をしてご相伴に与《あずか》れるだろうか、と思って見ているうち、リチャードは瓢箪の金具をきゅぽんと外した。そして何食わぬ顔で、象《ぞう》のマークのジンジャービアの大瓶《びん》を中に入れる。いや、明らかに、そういう使い方をする道具じゃないだろう。と思っているうち、吸い口と直結しているホースの終点部分が二本、瓶の中に吸い込まれていった。ジュースだ。これはただの、豪華なジューススタンドだ。めちゃめちゃ雰囲気たっぷりに、ジュースが飲める道具である。トルコの人が嘆くかもしれないが、少なくとも健康にはいいので許してほしい。ノンアルコールだし。

「飲みますか」

「はい」

銀色の金具から吸い込むと、本当にジュースが出てくる。やたらと『ストロー』が長いので、抽出《ちゅうしゅつ》までに若干《じゃっかん》時間はかかるが、おいしい。遠目から見たら水煙草を吸っているように見えるだろう。おしゃれな馬鹿馬鹿《ばかばか》しさのおかげで、俺も元気が出てくる。

極論だが、服や車を新調したり、映画を観たり、ジュエリーをつけたりする理由も、こういうところにあるのかもしれない。

食べ物のように腹にたまるわけではないし、睡眠不足が解消されるわけでもないし、寒い時に暖をとれるわけでもない。ただ、息をすることをちょっとだけ楽にしてくれる。

「いやあ、いい煙草だなあ。俺、煙草は本当に苦手だけど、これは大好きだな」

「発明者はシャウルです。彼はこれを庭でおいしそうに飲むのが好きでした。ふざけた師匠です」

「えっ、シャウルさんとこれを？」

「彼は一人で楽しんでいました。そして時々は、本物のシーシャに戻して吸っていた。食えない人です」

水煙草の形をしたジューススタンドを載せるため、最後に小さな丸テーブルを持ってきて、庭には急ごしらえのリラックスセットができあがった。ガラスの器を挟んで左右に籐の寝椅子、右側にリチャードが寝転がったので、左側に俺がお邪魔する。ジローはまだ室内で食事中だ。

長いホースを摑《つか》んで、ジュースを『一服』する。うまい。よく冷えているし、この壮絶に無駄な美しさがたまらない。

一カ月もさかのぼらないうち、この街では焼き討ちがあり、人が殺され、戒厳令が敷かれて、自動小銃を構えた白手袋の軍人たちがパトロールをしていた。

だが今はそんな気配はどこにもない。俺がこの街にやってきた時と同じように穏やかだ。いや、まだ辻《つじ》に立つ警察官の姿は目立つが、もし俺がスリランカにやってきたばかりの旅行者であれば、そういうものかと見逃してしまう程度のことだろう。

平穏無事なんて認識の問題で、薄氷の上にあるものなのだ。

平和といえば平和、不穏といえば不穏。

そんな時でも、誰かと飲むジュースはおいしい。

軽くため息をついて、俺は切り出した。

「香港で、ヴィンスさんと会って話した」

「……伺《うかが》っています」

「実はその前に、ヴィンスさんの結婚相手とも会ったんだ。マリアンさんって名前で、優しそうな人だった」

「…………全く、彼も彼ですが、あなたもあなたです」

やんちゃ、とリチャードは投げやりに言った。スリランカからアメリカに渡り、日本に帰国して香港、また日本、さらにスリランカというコースは、恐らくこれからもしばらく破られることのない中田大冒険レコードとして俺の中に刻まれるだろう。貯金も減ったが、スリランカでは使いようがなく異様な額になっていた預金を、多少なりとも生かしてやれたようで、少しほっとする。

あの時ヴィンスさんからもらった『宿題』を片づけるなら、今だろう。

「質問していいかな」

気だるく水煙草の金具をつまんだリチャードが、俺のほうをちらと見た。

今更なんだけどさ、と言い訳のように前置きしてから、俺は真面目な顔を作った。

「どうしてあの時、東京で俺のことを雇ってくれたんだ？」

思い出す。春の代々木《よよぎ》公園を。多分一生思い出すだろう。スポットライトのような街灯の下で、ビールをかけられてよろめいていた、金髪の男の後ろ姿を。

「ヴィンスが、私にそう質問しろと、あなたに言ったのですか」

俺は頷く。ただの確認だ。今のリチャードの質問も、確認作業のようなものだった。

リチャードはもう一口、のんびりとジンジャービアを飲んでから、午後の微風の中で首を傾けた。金色の髪がふわふわ揺れて、季節外れのたんぽぽの綿毛のようだ。

「…………アルバイトが必要な局面でした。私が理不尽な理由で離職せざるをえない状況に置かれたとしても、手切れ金さえ振り込めば、それほど不平を唱《とな》えそうにない、世渡り上手で図太そうな、しかし宝石店のアルバイトたる繊細さと誠実さを兼ね備えたアルバイトが」

世渡り上手で図太そう、そして繊細で誠実。あの時の俺は前半は完璧にクリアしていたと思う。ばあちゃんの指輪を鑑別《かんべつ》してほしいと言って、その実別のことを調べてもらっていたのは誰だったっけと、シャウルさんに思い出させてもらうまでもない。繊細で誠実、のほうは？　俺がプリンや牛乳寒天を作れるとリチャードが知ったのは雇用後のことだ。

多分、それだけではなかったのだろう。

リチャードは言葉を選びつつ、パイプをくゆらせるようにストローを遠ざけ、甘い香りのするため息をついた。ジュースを飲んでいるにしては、重い雰囲気をうまく受け止めてくれる小道具だと思う。

「ヴィンスと私の別れ方について、どこまで聞きましたか」

「……ジェフリーさんの小切手の話を聞いた。それをヴィンスさんが受け取ってたことを、シャウルさんとお前が知ってたことも」

「では、ほとんど全てですね」

それを踏まえて、リチャードはヴィンスさんに別れの言葉を言わなければならなかった。ヴィンスさんのプライドは既に限界まで傷ついていただろうし、そんな時にリチャードが何を言っても塩を塗り込むことになっただろう。絶対に許されるべきではない相手から許されてしまったら、相手にはもう触れることさえできなくなってしまう気がする。何も言わずに消えるという選択肢は、その時の自分にはなかったと、リチャードは告げた。俺はほのかに、ヴィンスさんが俺に言ったことを思い出していた。リチャードは変化したのだと。

俺と出会ってから。

「……ヴィンセントは私にとって『優しさ』という、人生の必修科目の教師のような人間でした。何をすることによって、人は『自分は尊重されている』と感じるのか、あるいは『こけにされている』と感じるのか。それはただ、砂糖の匙《さじ》を口に突っ込んでやるのとは似て非なることでした。あの時の私にはまだそれがわからなかった。いえ、頭ではわかっていたのでしょう。しかし、自分自身の悩みで頭が一杯になっている時に、それを行動で示すことができるほど、大人ではなかった」

リチャードと俺の年齢差は八年である。ヴィンスさんと俺の差は三年。リチャードとヴィンスさんの差は、単純計算で四年か五年分ということになる。香港での別れの時、リチャードは二十八歳、ヴィンスさんは二十二歳くらいだったはずだ。今の俺とほぼ同じ年齢である。

意味のない仮定だが、今の俺が、タイムスリップしてあの代々木公園のリチャードと出会ったとしたら、果たして俺はあの時と同じに、この男をかっこいい大人だと思っただろうか。リチャードも俺のことを「どうしようもない子ども」と呼んだだろうか。

誰だって自分以外の誰かにはなれない。意味のない思考かもしれない。それでもこうして、相手の立場を想像することでしか、俺は自分以外の誰かの気持ちに近づいてゆくことができない。

「私は最後に、ヴィンセントに『気にしないでほしい』と伝えようと思いました。取り引きを持ちかけた側の問題で、あなたの問題ではないし、むしろ私は己《おのれ》の秘密を黙っていたことを謝罪しなければならないと。ですがヴィンスは、私が口を開く前に、こんなことを言いました」

そうしてリチャードは、三本、指を立てた。

お前には三つ、言いたいことがある――と。

リチャードが少しだけ、ヴィンスさんの声真似をしている。リチャードよりもほんのりとざらついていて、ローテンションな声色だ。

曰《いわ》く。

自分とのことは運が悪かったと思って諦《あきら》めてほしい。

お前は本当に寂しい男だが、悪い男ではない。

もし新天地でチャンスを摑んだら、今度は失敗するな。

以上。

リチャードはまた一口、おしゃれな吸い口からジンジャービアを飲んだ。

俺は唇を引き結んでいた。いやいやいや、裏切っておいてその言い草はなんだ、という率直な感想を一万枚のオブラートで包装するのに頭の中が忙しい。しかしリチャードは、少しだけ笑いながら、俺のひそやかな顔芸を見守っていてくれた。見通されているらしい。

「誰も彼もが、あなたのように素直に行動できるわけではありません。いえ、あなたも最初からそうだったわけではないでしょう。あなたも私も、それほど人付き合いに熟達した現代社会の申し子ではない。もちろんヴィンセントも」

あれは彼なりの『許し』だったと、リチャードは告げた。

「被害者と加害者の関係は、シンプルではありません。であればこそ裁判所のような機構が必要になるのでしょう。何が罪で、何が罰であるのかもわかりにくい。私とヴィンスの場合は、それぞれが加害者であり被害者でした。そして私はヴィンスの頭の上を通り抜けてゆくことを選んでしまった。話し合うことを避け、『そういうものだ』と自然現象のように割りきって、通り抜けてゆこうとしたのです」

ヴィンスさんは、リチャードから裏切りを責めてもらえなかったし、悲しんでももらえなかった。

長い人生、そういうこともあるよなと、一方的に割りきった形で。

当たり前だ。そんなこと他人がとやかく言える話ではない。そもそも傷ついた人間に、それ以上何かをしろと傷つけた人間が迫るほど、無神経で傲慢《ごうまん》なことはないだろう。それでも簡単に、片方だけが全て悪いと思いきれない程度には、俺もヴィンスさんのことを知ってしまっている。

「どのような人間関係においてもそうだと思いますが、片方が片方を対等な人間として認識しなくなった時に、その関係は破綻《はたん》します。私はそういうふうに、自分の歩いた道を荒野にして躊躇わない人間だった。何故なら人間として扱われないことに慣れていたから。

あなたが再三美しい、美しいというこの面相のせいで、『あなたも泣いたり笑ったりするのですね、気持ちが悪い』と言われることも、当たり前になっていたから。何故私を、人間として扱わず、鑑賞するだけして去ってゆくものどもを、私だけが人間として扱わなければならないのか、理解できなかったから。ひどい言い訳もあったものです」

「……言い訳じゃないだろ。本心を言い訳っていうのは、つらいよ。いいじゃないか、荒野だって野焼きだって」

「言い訳です。他人からぶつけられたものを、また別の人間にぶつけることには、どのような状況であれ正当な理由はない。しかし、野焼きはしていないと思いますが……」

そういえば、くらいの雰囲気で、俺はリチャードの寄宿学校時代の話を聞いた。リチャードの取り合いで決闘騒ぎが発生し、全く何も知らされていなかったリチャードが一方的に叱責されたあと、何故かケアのためにやってきたはずの教員からも秋波《しゅうは》を送られ、無視したところ親族の呼び出し沙汰《ざた》になったという。今となっては正直あまり驚きのない話だが、そのことをこの男が日常の延長上のように語ることだけが悲しい。それはもう、ただのトロフィーの取り合いで、トロフィーそのものに意思や人格が存在することを、みんな忘れているとしか思えない。考えたくもないが、よくぞその顔を潰さないでいてくれたものだ。そんなことばかり起こったら、『人間関係』という言葉の意味が、だんだんわからなくなってしまいそうだ。

俺が無言でじゅーっとジンジャービアを飲むと、ストローの先で瓶の中の液体が動いたのを感じた。リチャードも澄ました顔をして大量に飲んでいる。甘いものをぱくつく時と同じ顔で、俺は少し安心した。

「それでもヴィンスは諦めないでくれた。私が彼にどれほどのことをしてやれたのか、今となっては疑問です。反面教師にしかなれなかったようにも思います。それでも彼は、私に宿題をくれたのですよ。先ほど申し上げましたが」

また指が三本立つ。さっきの身勝手な台詞《せりふ》が、宿題ということか？

「三番目」

「……ああ、さっきの」

一番目、運が悪かったと思って諦めてほしい。二番目、寂しい男だが悪い男ではない。そして最後の三番目が。

「『新天地でチャンスを摑んだら失敗するな』だっけ？」

「今度は失敗するな、です。それもまた、人間関係の話でしょう」

人間関係のチャンス。何だろう。日本式の就活を経《へ》てきた人間としては、自己ＰＲや面接が浮かぶし、ラトゥナプラの宝石売買を想像すれば、今そこにある石を買うか買わないか一秒で判断することだ。

だがリチャードにとって、チャンスとは？

続きを待つように、吸い口を手に携《たずさ》えたまま待っていると、リチャードはぽつりとこぼした。

「私は、友達が欲しかった」

「……………友達？」

「言ったでしょう。私は距離の摑み方がとても不得手だと。友人らしい友人というものが、どんなものかわからない。ですが誰もが皆、そういうものを持っているように見える。だから私も欲しかった。弱音をこぼせたり、つまらないことを言い合ったり、気にしていることを笑い飛ばしてくれたりする、私にとって都合のいい幻のような存在が。そんなものはないと薄々理解しながらも、でもあるかもしれないという希望を捨てられない、夢見がちな求道者のようなものでした。だから、それを一度は手に入れたと思った時、私はとても嬉しかった。そして恐ろしかった。離れてしまうことが怖かった」

　リチャードの言葉は、隠しようもなく重苦しかった。

　誰のことを考えているのか、わかると思う。さっき電話口で名前が出てきた、彼女のことだ。理解者であり、悩みを笑いとばしてくれたという、大事な相手だ。

　リチャードの言う『友達』というのは、魂《たましい》を預けられるような存在のことなのだろう。それは多分、俺と下村《しもむら》や、俺と谷本《たにもと》さんのような関係よりも、ひろみと中田さんの関係に近い気がする。それが友達なのか、恋人なのか、あるいは当世風にパートナーと呼んだりするのかはわからないが、なまなかには手に入らないものだろう。

「最後にヴィンセントは、私のことを助けたかったと言ってくれました」

だが、できなかったと。

そして最後の最後に、彼は皮肉っぽく笑って言ったという。

「『もし、俺がお前にしてやりたかったことを、なんなくやってのける相手に出会ったら、そいつのことは絶対に放すな。そいつは俺がしたくてもできなかったことを、鼻呼吸くらいの難易度でこなせる人間だろうから』と」

「……え？」

「つまり、躊躇《ちゅうちょ》せずに、私に助けの手を差し伸べられる人間に出会ったら、その人間を厚く遇してやってくれと、そういう意味でしょう。代々木の酔っ払いに、菓子折りを贈りたいと、いつかあなたは言っていましたが、あれよりずっと前から、私は同じことを考えていた」

つまり、それは。

リチャードが俺という人間を雇うに到った理由の中に、ヴィンスさんの存在があるということか。

躊躇せずに助けの手を差し伸べられる人間――俺？

俺が？

そういえばプロヴァンスで、リチャードは俺のことを友達だと言ってくれた。いやしかし、あれはその場の発言で、今この会話における『友達』の定義と完全に一致しているかどうかは不明瞭で、しかしこいつは俺を友達と言ってくれたわけで。

俺？

「不思議です。あなたは偶然の出会いによって私の前に現れ、抜け目のない大学生の依頼主となり、同僚になり、私という存在の讃美者となり、後輩になり、いずれの段階にせよ友人とは言い難いものであったはずなのに、今はそれら全てのカテゴリの一番上に、あなたの顔があるような気がする」

「俺が？」

「あなたが」

「……ほんとうに？」

「本当に」

ちょっとそこで喜んで飛び跳ねて踊りたいような局面だ。だが話の流れがそれを許してくれない。

リチャードはもう一段深く、沼の中に潜ってゆくように、微《かす》かに背中を丸めて呟くように喋った。

「……デボラは私の、最初の友人でした。あまりにも大切で、一生傍《そば》にいてほしいと思ったので、私は彼女に結婚を申し込みました。ですが極端な話、夫婦になろうがなるまいが、私にとって彼女が大切な人であることに変わりはないのです。彼女を大切にするもっとも簡単で効果的な方法が、結婚であると判断しただけの話です。しかしそれが裏目に出た時、私は私の軽率な判断を恨みました。結婚できなくてもいいという思いも、怒りの中で消えてしまった。何故、私の人生は、これほどまでに自分の思い通りにならないのか、その怒りにのまれて、結果的に彼女の人生にも消えない爪痕《つめあと》を残してしまった。自分勝手な哀《かな》しみに、自分勝手な憐憫《れんびん》に、その末の自分勝手な結末です。しかも私はどこかで、それを喜んでいるのかもしれない。彼女が私を忘れずにいてくれることを、嬉しいと思っている」

は、というため息は、どことなく自嘲《じちょう》的だった。

やめてくれ。そんなふうに自分をいためつけるのはやめてくれ。俺はなるべく、表情を崩さないようにしながら、リチャードとの距離を、少しだけ詰めた。

「なあ。そのことは……俺は、今、考えなくていいと思う」

「何の話です」

「デボラさんの話だよ。俺、日本にいる間に、久しぶりの友達に会ってさ」

「谷本晶子《しょうこ》さまですね」

「そうそう。今度こそ完璧にふられてきたんだけどさ。谷本さんだったら『急いで結論を出すことじゃない』って言うと思う。だって」

まだ好きなんだろと。

俺が言うと、リチャードは黙った。

「そういう相手のことは、慌《あわ》てて考えないほうがいいと思う。椅子取りゲームじゃないんだ。事情はまだ調査中なんだし、状況判断だってそのあとでいいだろ。そもそもいろいろな事情がなかったら、いい大人は離婚も結婚もしないって。まずは話を聞いてみるのがいいんじゃないかな」

いろいろな事情があってのことだろう。短絡的に自分を責めるようなことをするのはリチャードらしくない。そういうことを伝えたかった。我ながら、大人っぽいことを言っているものだ。それにしても何故だろう。さっきから頬《ほお》がひくひくする。表情を作っていなければと思う理由は、リチャードを落ち着かせたいからだけではないのか。だとしたら何故だ。わからない。あまり考えたくない。

な、と俺が最後に微笑《ほほえ》みかけようとする前に、リチャードはぐっと、俺に顔を近づけてきた。困る。この顔には俺の自制心をガタガタにしてしまう魔法がかかっているのだ。

「中田正義」

「……何だよ」

「あなたが先ほど言った、『まだ好きなんだろ』という言葉の意味の、解説を願います」

え？

そんなこと、決まっている。

「……まだ、彼女と結婚したいって気持ちが、あるんじゃないかと、思ったから……」

違ったらごめんと、俺は謝った。差し出たことを言ったとは思う。だが誤った推測だとは思わない。さっきのリチャードの言葉は、魂の宝石を割って、そこから流れる血を眺めるような、美しいほどの痛々しさに満ちていた。

そんなに大切に想《おも》う相手がいるのなら、それこそもう一度やり直す『チャンス』を摑んだって、悪くはないはずだ。今度こそうまくやれるかもしれない。いきなり二児の父親になるのは大変かもしれないが、まあ家事手伝いくらいなら俺も頑張れると思う。これは少し、発想が飛躍しすぎか。

そうしたらリチャードは、エトランジェには戻ってこなくなるのだろう。

シャウルさんが考えていたのは、もしかしたらこのことだったのかもしれない。

この期に及んでリチャードが俺のことを忘れることはないだろう。だが大切な人と子どもができたら、やっぱりスタンスは変化するはずだ。どう変わるのだろう？　俺がエトランジェの主《あるじ》になる姿はまだ想像できないが、もし俺があの銀座の店の責任者になったらどうなるだろう？　赤いソファに腰かけて、ちょっといいスーツを着て。チャイムが鳴って扉を開けると、向こうにはリチャードが立っている。後ろにきれいなトルコ系の女性がいて、リチャードとはあまり似ていない二人の子供が店の中に走ってくる。お父さんは昔ここで働いていたんでしょ？　と子どものどちらかが尋ねる。そうですが昔の話ですよとリチャードが言う。俺は子どもたちにプリンを出す。リチャードは特にそれを残念がってもいない。それどころか大事な子どもたちに自分の好物を食べさせることを喜んでいるようにすら見える。あげたくなかったなどとは言わない。そしてありがとうございます正義と微笑むかもしれない。そんな時、俺は何と言えばいい？　何と言えば？　何と言えばいいんだ？　笑っていなければならないだろうと思う。

しかしそんな時、俺はリチャードに何と言えばいいんだ？

膝の上に何かが落ちた。

水信玄餅《みずしんげんもち》みたいだな、と思った。信州名物の、水晶によく似た菓子で、巨大な水滴のような形状をしている。

涙か、これは。

俺の？

「あ？　え？　ああ、ごめん。何だこれ」

「正義」

「ちょっとタイム。顔ふいてくる」

「ハンカチならこちらに。ティッシュもあります」

「悪い、じゃあティッシュ……」

リチャードはティッシュをくれなかった。水煙草の瓶の向こうに手を伸ばしたら、何故か手を摑まれて引き寄せられた。頭を抱かれている。勘弁してくれ。子どもじゃないのだから。

「ごめん。シャツが濡《ぬ》れる」

「お気になさらず」

「……香水変えた？」

「前回お会いした時に気づいていただきたかったものです」

「ごめん」

俺がもがく間に、そういえば、とリチャードは切り出した。

「東京で面白いことがあったそうですね」

「……は？」

「中田さまからご連絡をいただきました。愛人がどうとか」

一気に肝《きも》が冷える。中田さん、頼むよと、スリランカで念じてもどうにもならない。確かに情報を全てぶちまけてしまった俺に全面的な非があるのは明らかだが、それにしたって情報交換が密すぎる。一体どんな声で、よりによってリチャードに、うちの息子があなたの愛人だと言われて落ち込んでいたみたいなんですと中田さんは伝えたのだろう。違う。絶対に違う。そんな関係ではない。そもそも俺はリチャードに恋をしているわけではないのだし――

と思っていたのだが――

何故泣くんだ。俺は。

こいつが結婚して、遠くへ行ってしまうかもしれないと考えた、それだけのことで。

「国に歴史があるように、言葉にもまた歴史があります。愛人という言葉は、非常に面白い発展の歴史をたどってきた語です。香港に赴いたそうですね。広東語《カントン》の勉強は順調ですか？」

「ぜ……ぜんぜん……」

「左様ですか」

それは教え甲斐《がい》がある、とリチャード先生は呟き、再びジンジャービアを一口飲んだ。口の端が少し上がっている。これは相当いじめられるな、と予感するのが少し嬉しい。ろくでもない。俺のために手間を割いてくれるのがこんなに嬉しいなんて、思ってもいなかった。いや逆だ。

この、今、当たり前のように受け取っている密な愛情を、当たり前のように全て受け取れなくなることが、俺は恐ろしい。

初めて会ってからまだ四年と少しだ。ひろみや中田さんとは比べ物にならない。だというのに俺は、この男の度量と優しさに、気がついたら頭までどっぷりと浸かっていて、手放しに彼の幸せを祈れなくなりかけている。

「現代日本語における『愛人』は、法律の定める異性二者間の婚姻《こんいん》関係からはずれた関係を結ぶ相手に用いられる、どこか陰《かげ》のある響きの語ですが、中国大陸に戻ってみると、ことは真逆です」

意味は妻、夫、恋人など。

大切な人をさす言葉だという。

つまりヴィンスさんにとってのマリアンさん、マリアンさんにとってのヴィンスさんは、間違いなく『愛人』ということか。アイレン、とリチャードは発音してくれた。やっぱり語学の道は厳しそうだ。

「ひがみや妬《ねた》みから、他者を貶《おとし》めようとする相手に付き合ってやる必要はありません。理由は話すまでもないでしょう。ですが、大陸式に考えるなら、それほど悪くもありません」

「『愛人やってます』って？　次の飲み会ではそう自己紹介しようか」

「では、薔薇《ばら》の花束でも抱えてお迎えに上がりましょう」

「お前なら本当にやりそうで怖いよ」

「やらないと？　心外です」

笑っているうち涙が乾いてきた。この男は不言実行だし、有言はそれ以上に実行する。だからやると言ったらやるだろう。世界のどこにいても、俺たちがホワイト・サファイアとパパラチアを持っている限り、絶対に連絡を取り合わなければならないという言葉にも嘘はないだろう。俺から連絡をとりさえすれば、世界のどこにいても世界一優しい声の電話を折り返してくれるだろう。教えてほしいことがあるといえばアプリを介したテレビ電話ができるかもしれないし、プリンを作ったと言えば遊びに来てくれるかもしれない。

それで十分だろう。

十分ではないのか。

これで不十分だというのなら、やっていられない強欲さだ。

多分これは、親の再婚を嫌がる子どもに一番近い心理だと思う。俺は四年前に出会った赤の他人を親だと思ってついてゆくのか。生まれたばかりのあひるの刷り込みもびっくりのレベルである。でもそんなふうに自分を笑い飛ばせない。もうそこまで来てしまったことに気づかざるをえない。

多分俺は、この男と完全に離れたら、日常生活に支障が出る。

結婚式の土壇場で、泣きながら「結婚しないでくれ」とすがりつくかもしれない。

死にたくなるような想像だが、いくらかは真実だろう。

呻《うめ》き声をあげながら、高価そうなシャツの布で涙を拭《ぬぐ》い、顔をあげると額にキスをしてもらえた。懐かしい。頰に続いて二箇所目だ。熱がある時限定かと思っていたが、落ち込んでいる相手には、このきらきら輝く優しさの国の王子さまみたいな男は、プレゼントを与えてくれるようだ。

「……取り乱して、悪かった」

「ご心配なく。あなたが取り乱さなかったとしたら、私が取り乱していたと思いますので」

「ええ？　どうして」

リチャードは補足説明をしてくれなかった。そのかわり、話は先へと続いてゆく。俺は自分の籐椅子へとひきあげ、すんとはなをすすった。

「その、えーと、何の話をしてたんだっけな」

「『まだ好きなんだろ』の解説をお願いしたところでした。よく理解できたように思います。ありがとうございました。ですが」

それは半分不正解です、とリチャードは告げた。

「まだ彼女を愛しているという意味では、半ば正解です。結婚したいかという問いの答えも、何とも言い難いものですが、半ばは正解。しかしそれぞれの問いの残り半分は、そう簡単に割り切れるものではない。私にとっても、恐らくは彼女にとっても」

リチャードは銀色の吸い口を指と指の間で弄《もてあそ》んでいた。思考を巡らせているようだ。

「私にも私の生活があるように、彼女にも彼女の生活がある。それを全てお互いを軸にすり合わせて、新たな形を作ろうと思いきれるほど、今の私には持ち物が少なくない。持っていきたい大切なものが多すぎるのです。そしてそれは、彼女との生活とは兼ね合えない」

「でも、好きなんだろ。あっごめん、やっぱりティッシュくれ」

「そういう意味では、私には『好き』な相手が多すぎるのでしょう」

幸福なことです、とリチャードは言った。強がりではなさそうな響きで、どちらかというと独り言のようにも聞こえた。俺はその声に救われる。

「……そうか。じゃあ……彼女とは」

「残念ながら、これほど露骨なタイミングで求婚できるほど、私は図太くも無神経でもないつもりです。彼女に事情があるのはわかりきったことですが、それを私に打ち明けなかったことにもまた、事情があるのでしょう。彼女が望む距離から見守ることが、今の私の望みです」

「…………そうか。そうなんだな」

「ほっとしましたか？」

まさか。ほっとした、などと言いたくはない。ひとの幸せを願えない人間は最低だ。だが、本心では、とてもほっとしている。そしてリチャードは、俺がこうしてゆらゆらしている時、本当の気持ちが伝わらないほど、遠くにいてくれる相手ではないのだ。

こういう時だからこそ、打てる手もあるのだろうか。

「……あのさ……」

「何です」

「…………いや、やめとく。なんでもない」

「気になります」

「そんなに『気になる』って声してないだろ」

「それはまあ」

　ある程度想像がつきますので、とリチャードは言う。憎たらしくなるほど涼やかな声だ。本当に想像がついているのか？　数秒前まで全く考えたこともなかったこの提案を？　本気で言っているのか？　うまく焼けたパイを両手で差し出しつつ、顔面にぶつけてやりたいようなこの気持ちを。本当に？　本当にわかっているというのか？

「お前、俺が、その、俺がだな」

「文法に難のある日本語学習者のようですよ」

「わかってる。その、俺が、ええと、俺がお前に、だな」

「ええ」

「……『付き合ってください』って言ったら、どうする？　交際の意味で」

　パイは顔面にぶつかった。

　リチャードではなく、俺の顔に。

　麗《うるわ》しの面相をもつリチャード氏は、ふんわりと輝くような空気をまとって、俺を見た。そんなに美しい顔で俺を見ないでくれ。こっちは地獄《じごく》のような表情をしているに違いないのに。

美貌の男は優雅に微笑んだ。

「興味深い。あなたのいまだかつてなく緊張した声を聞きました。公務員試験の面接対策の時さえ、そんなに震えてはいませんでしたよ」

「おまえなあ……！　そういうことじゃないんだよ。俺は真面目に」

「しかし『告白』とは。不思議な習慣です。イギリス人には『告白』からの『交際』というステップがありません。何やらそういった雰囲気になった相手とは、基本的に自動的に交際していることになるものです。単純な文化的差異ですが、イギリスに留学し、ガールフレンドやボーイフレンドを作る日本人の中にはそれを理解しておらず、可愛らしいトラブルになることもあると小耳に挟みますが」

嘆かわしい、という声は、一人芝居をする役者のようだった。まばたきをしないでほしい。一度消えてまた現れる青い瞳が、俺にどれほどの衝撃を与えるのか、この男は絶対にわかっていない。存在そのものが麗しい凶器だ。

リチャードは籐椅子の上で体を傾け、首をかしげて俺の顔を覗《のぞ》き込んだ。

「ひょっとして、付き合っていないつもりだったのですか？　私とあなたが」

ひえっ、という風のような音が、喉《のど》の奥で聞こえた。

やめてくれ。本当にやめてくれ。美貌の暴力で死にかけるのはこれが初めてではないが、俺の頭は何度体験しても『今度こそ死にそうです』と律儀に警報を鳴らす。きれいだ。いつも初めて目《ま》の当たりにするように、新鮮で清新にきれいだ。青い瞳も金色の髪も、白い肌も、だんだんどうでもよくなってゆくほどの美しさだ。おかしなことである。美しい人間も宝石も、目を閉じたままで美を鑑賞することなど不可能なはずだ。ビタミン剤を口から飲むように、美とは目から摂取するものだろう。でも、できると俺の頭は叫んでいる。

そして感覚的な部分では、俺はもうその理屈を理解できてしまう。

絶世の美男たるこの男の、美しさの本質は、ひょっとしたら顔ではないのかもしれない。

どこか拗《す》ねたような顔のまま、俺を観察しているリチャードは、ゆっくりと口を開いた。スローモーションで撮影した、夜明けに開く薔薇の花のようだ。

何を言うつもりだ。何を。何を。

俺はその言葉に、何と答えればいい。

「…………え……ええっと……」

「ジョーク」

「……えっ？」

「ブリティッシュ・ジョーク」

「うっ、うおお！　息が止まった！」

ぜえはあ、ぜえはあと椅子の上で胸を上下させ、俺は明後日《あさって》の方向を向いて深呼吸を繰り返した。心臓に悪い。仕掛けた俺が全面的に悪いのは明らかだ。しかしそんな返しは予想外にもほどがある。全く本当に、この男ときたら。どうしたらいいんだ。

「ふん。恋愛関係で私をからかおうなどと、百年早い」

「…………からかったわけじゃない。実はけっこう本気だったんだよ」

「でしょうとも。理由は『手のかかる交際相手ができれば、私がかつて愛した相手との結婚のことをあれこれと考え、思い悩まずにすむから』？　差し詰め交際期間は、私たちの周辺のトラブルが決着するまでとでもいったところですか。やれやれ」

ぐうの音も出ない。

靴《くつ》を脱ぎ、籐椅子の上で膝を抱え、体育座りの膝に顔面を押し込んでいると、右側から手が伸びてきて、後頭部をがしがしと撫《な》でていった。犬を撫でるような手つきだ。ほっとする。よかった。こういう付き合いでいいんだと言ってもらえた気がする。本当にほっとする。

「『自分を大事にしなさい』と、私はあなたに言い続けてきましたが、グッフォーユー。交際相手に私を選ぼうとするあたりには進歩が見られます。このようなことを自分で言うのは非常に鼻持ちならないことですが、あなたの周辺にいる人間で、最もあなたのことを真剣に考え、かつ幸福にしたいと願っている人間が、私以外にいるとは思えません。ベストチョイスと言うべきです。金銭上の不安も今のところは乏しく、学歴も申し分なく、食べ物の好みもそれほどズレてはいない。理にかなっている。ですが残念なことに、あなたはそのような理由で交際相手を選べるほど、器用な人間ではありませんね」

「…………そこは、お互いさまだろ」

「言うまでもない」

すっぱりとした言葉だった。そうだ。もし本当に、俺がいくらかでも、今後の自分の経済状況やらなにやらを考えて、あらゆる可能性を天秤《てんびん》にかけていたのなら、こんな選択肢はすぐに現れそうなものだ。リチャードは俺のことを特別に大切にしてくれている。それは確かだ。お互いの弱みも知っているし、ピンチを助け合ったし、非日常的な場面で感情的に言い合ったことも一度や二度ではない。そしてこいつは俺に対して、『自分はゲイではない』とは言わなかった。ロンドンの部屋で『今のところ同性の恋人を持ったことはない』と、丁寧《ていねい》に言い直してくれた。どうしてあんなことを言ったのだろうとずっと考えていたが、非常に曲解すれば『あなたが私を好きになってくれたら付き合ってもいいと思っているので、今のところはゲイではない』という意味にとることができる。何ていいやつなんだ。じゃあ好きになろう。だってメリットばかりだ。恋愛的な意味で好きになろう。俺と付き合ってくれ。そしてありあまる愛と余裕と財産を分けてくれ。

冗談じゃない。

俺はそんな人間にはなりたくない。

キスをするふりをして顔を引っ込める男は、そんなに最低ではないのではないかと、最近思う。俺に言わせれば、より最低なのは、キスのふりをして相手の甘い蜜《みつ》を吸えるだけ吸って去ってゆく、食い意地の張ったハチドリのようなやつだ。愛情や信頼をただのパイプにして、現実的な財を吸い上げてゆくやつは、紳士の顔をした泥棒《どろぼう》だろう。

人工呼吸のようなキスができたらいいのになと、ぼんやりと思う。具体的に想像しすぎると最悪だ。相手が死にかけている。でもあれは、概念としてはとてもわかりやすい。自分の中にあるものを相手に与えて、相手が生き返ってくれる。であればお互いに人工呼吸をし合うような間柄が、俺の理想なのかもしれない。

頭の中でこねくりまわす、面倒くさい理屈の話だ。

だからリチャードと、そういう関係になろうとすることは、俺の中では不誠実な野望に振り分けられる。俺にとってのメリットが大きすぎるし、押しに押したらこの優しい男がほだされてくれそうで、正直なところそれが一番心配だ。もっと自分を大事にしてくれと俺に散々言っているのはどこの誰だ。

ただ、今となっては、もうそんなことを言っている場合ではないのかもしれないとも、少し思う。

「……なあ」

「ええ」

「全部が全部、お前を心配しての申し出ってわけじゃないから」

「左様ですか」

俺は頷く。余裕綽々《しゃくしゃく》の顔に、もう腹は立たない。俺も俺の言いたいことを言うだけだ。

「日本語の勉強に、空港で雑誌をたくさん立ち読みしてきたんだよ。いろいろあるだろ。『地球が終わる日に会いたい人』とか『あなたの人生のパートナー』とか。あれは、『恋人』とか『夫婦』の別の言い方として使われてるみたいだったけど、その」

リチャードは俺の『愛人』ではない。恋人ではないし、夫婦でもパートナーでもない。でも地球が終わる日には、俺はきっとこの男に会いたくなるし、人生のパートナーと呼べるような相手になれるのならば、光栄のあまりいくらでも頑張れるだろう。そのくらいは、好きだ。当たり前だ。好きで大切で尊い相手で、俺にそんなことができるのであれば、いつまでも守ってやりたいとも思う。

だから、逆算的に考えれば、大丈夫なのではないかとも思う。

どんな相手であっても。

「……どうやったらお前のことを一番大切にできるのか、脳みその隅《すみ》から隅まで使って考えてるつもりなんだけどな、いまだに結論が出ないんだ。どうしたらいいんだろうな」

そんなことを相談されても困る質問ランキングがあったら、かなり上位に食い込めそうな質問をしてしまった。いつものことだ。だがリチャードは俺の言葉を受け止め、呑《の》み込み、そうですねと真面目な顔で相槌《あいづち》をうってくれた。

「もしあなたがそれを望むのであれば、考え続けなさい。そして実行し続けなさい。恐らくはそれが、今のあなたの幸せなのでしょう。そしてもし、考えるのに飽きた時には、別のことをなさい」

「飽きなかったらどうする」

「……そうですね」

今度のそうですねは少し、重かった。口の中で飴玉《あめだま》を転がすように、軽く視線を左右にふったあと、麗しの宝石商は俺を見て微笑んだ。

「その時は、何か新しい打開策を考えるのも悪くないかもしれません」

私たち二人で、とリチャードは言った。

言葉の意味を、もっとゆっくりと考えたかった。だが突然、コールの音が割り込んできた。リチャードが上着のポケットから携帯端末を取り出す。

「ジェフリーです」

特殊なコール音だったようだ。しなやかな指がよどみなくロックを外す。そうか、特殊なコール意外は受け付けない仕様になっていたらしい。こんな時まで万全な心遣いにため息が出る。

寝椅子の背にもたれていると喋りにくい。リチャードは椅子から立ち上がり、足早に室内に戻った。煙草セットは置き去りにして、俺も従う。

『アロ？　リッキー、中田くんがそこにいる？　スピーカーホンにして』

「何故それを」

『虫のしらせってやつ？　もっと言うと日本にいる僕の知り合いの虫さんから、誰かさんが空港に向かったって連絡を受けたせいだけど』

後半の部分でリチャードは音声設定をいじり、声がよく聞こえるようにしてくれた。そのまま端末をテーブルのバスケットに立てかけて、急ごしらえのスマホスタンドのできあがりだ。挨拶《あいさつ》をしなければ。

「ジェフリーさん、お世話になってます。お察しの通り、俺もいます」

『やっほー、中田くん。ご無沙汰《ぶさた》のジェフリーお兄さんだよ。ブレイキング・ニュース。我らの可愛い女王さまこと、オクタヴィアが引きこもりをやめた。彼女の私有地の外に出たんだ。事故があってからほとんど初めてのことだよ』

事故があってから？　その情報は初耳だ。

だが、それ以上に、何をやめたって？

引きこもりをやめたということは、ジェフリーはもちろん、俺やリチャードとも接触してくれるかもしれないのか。チャンスだ。

リチャードが何かを質問しようといきりたつ。だがジェフリーの声のほうが早かった。

『まだ全部言ってない。外出といっても徒歩じゃないんだ。プライベートジェットで飛行中』

「飛行機？　体調は？」

『頑張っているんだと思うよ。海外への渡航には関係各所に申請をしないといけないから、行き先の入手は虫がいなくても簡単だったよ。彼女は身の回りの世話をしてくれる人たちと一緒に、南に向かってる。具体的に言うとインド洋方面。彼女の目的地はスリランカだ』

俺とリチャードは顔を見合わせた。スリランカって、つまり、ここか？

ここに彼女が？

リチャードも信じられなかったようだ。やや早口に質問を重ねる。

「……確認しますが、それは今現在の話ですか、ジェフ」

『今現在だよ。だから会議も放り出して電話連絡してる。これでお父さまの周辺の方々の覚えが悪くなったら、僕のことラナシンハ・ジュエリーの会計として雇ってくれない？年棒は三億からでいいよ』

「くだらないジョークをとばす余裕があるのならば、あなたもヘンリーも大丈夫ということですね」

『もちろん。こっちには変化なし。罠《わな》の気配もなし。気になるのは使用人たちの動向だけど、こっちはヘンリーに任せてある。お父さまはもう外野の判断でどうこう言える段階じゃない。中心静脈栄養を挿入してるし、駄目な時には駄目だけど、もつならもつ』

「彼女のプライベートジェットの飛行プランと、到着予定時刻は？」

『今日明日の到着はないね。彼女の体力に合わせた旅みたいだから。経由地が三カ所あって、二日くらいかけるみたいだ。詳細は調査中だけど、多分シチリアとドバイかな。大冒険だ』

　飛行機の旅は体力の消耗が激しいので、ところどころで休息をとる旅になるらしい。スイスからスリランカまでは、恐らく半日もあれば飛行機で到着可能な距離である。俺は十七歳の女の子であるオクタヴィアの体力を想像した。やはり事故という言葉が気になる。活発な少女というイメージはない。動画メッセージで見た顔は、お世辞にも活発なタイプには見えなかったが、あれは脅迫動画を撮影する緊張感だけが理由ではなかったのか。いずれにせよ、二日もすれば、彼女はこの国にやってくる。

　何をどう備えればいいんだ。俺が首を振る横で、リチャードは質問を重ねる。

「それでジェフ、デボラの件は？」

　ここでその話をしていいの？　とジェフリーがスペイン語で尋ねる。もちろんですと日本語でリチャードが返す。少し怒ったような声だ。そういえばジェフリーは、俺が下村からスペイン語を少しだけ教わっていることを知らない。

『……動きなし。情報もなし。こっちは慌てて確認できるようなことじゃないけれど、できるだけ急いで詳細を確認中。でも作為的な陰謀《いんぼう》で、関係が変化したとは考えにくい。それどころか今回のことをオクタヴィアが知っているかどうかも、僕には確信がないよ』

「突発的なことであったと？」

『いろいろあったみたいだよ。メールしておく。それにしても、分身の術が使えたらいいのにって、こんなに思ったことはないよ』

「冷静になってください。あなたが増殖したら、互いに仕事を押しつけ合うのが目に浮かびます。もうしばらくしたら、私からも彼女に連絡してみるつもりです」

『……よろしく』

ジェフリーの声が、いつもと少し違う。陽気さが上滑りしているようだ。当然だろう。二人の仲を裂いた張本人なのだ。

何やら騒がしいノイズが背後から聞こえてきて、それじゃあという声で通話は打ち切られた。会議を放り出しているというのは、どうやら比喩《ひゆ》ではなかったらしい。

スリランカのレジデンスに、再び沈黙が戻る。キャンディはとても静かな所だ。

顔を見合わせ、俺は力なく笑った。

「……今度は近場で助かったな」

「全くです」

これもまたジョークだ。笑いながら歯を食いしばって歩いてゆくしかない。何がしたいんだ、目的は何なんだと、俺はスイスの引きこもりのお嬢さまに尋ねたくて仕方がなかったが、まさか向こうから出向いてくださるとは。

リチャードは端末を手に取り、表面をかるくふいてから懐《ふところ》に戻していた。庭の片づけをしようと、再びポーチから出て行こうとする。その袖《そで》を俺は引き留めた。

「なあ」

「何か」

「……オクタヴィアさんが、引きこもり始めた原因について、質問してもいいか。それとも、俺はそのことは、本人にも質問しないほうがいいのかな」

「彼女は手加減をしてもらうことを喜ぶ女性ではありません。お話ししても構わないでしょうし、私があなたにその話を黙っていたと知ったら、恐らく侮辱《ぶじょく》されたと感じるでしょう。構いませんか」

それは、俺に対する質問だった。

十七歳の女の子を相手に、本気で戦えるかと。

大人にはいろいろな『本気』がある。全力で怒鳴りつけたり殴りつけたりするだけが本気ではないのだ。相手と自分の立場を考えて、過去と未来のことを考えて、一番無難であろう選択肢をつくりあげ選び取ることだって『本気』のチョイスである。非常に、高度な、本気のチョイスだ。相手がそれで納得してくれるとも限らない。ふざけるなと罵《ののし》られるかもしれない。それでも我慢するしかない。

そういうことができるかと質問されている。

リチャードのことを想うあまりに、感情に流されて、俺よりも未来の長そうな女の子に、いつもの調子でうっかりなことを言ったりしないかと確認されている。

信じてくれているからこそ、こんなことを言ってもらえるのだ。

返事は一つしかない。

「もちろんだよ」

よろしい、とリチャードは頷いてくれた。

長い話になりそうなので、俺たちはまず片づけを遂行した。椅子を移動し、シンクに放置していた皿を洗い、ジローを撫でてやり、掃除機をかけ、ジローと遊んでやり、ベッドメイキングをし、ジローを寝かしつけようとして失敗し、明日の昼のためにココナッツを削ってサンバルをつくり、おこぼれをジローに分けてやり、とりあえず数々の家事をこなしてゆくうちに、俺の覚悟はかたまっていった。そしてジローはリチャード先生によって、伏せ、待て、お手を仕込まれていた。犬のしつけに関してもさすがの風格である。

グッボーイ、グッボーイとたくさん褒められてご満悦のジローは、マットレスの上で眠っていた。俺が遊んでやると興奮するだけなのに、いろいろな芸を習得した今は、連勤から帰宅したサラリーマンのようにだらんと眠っている。やれやれ仕事をしたぜという風情だ。犬の世界にもめりはりが大事らしい。

「一通り終わったよ。話を聞かせてくれ」

「もう？　寝室の掃除は？」

「二階も三階も終わってる。お客さんが来ても大丈夫だ。まあ」

まだ来ないとは思うけど、と俺は肩をすくめた。

リチャードは最後にもう一度、名残惜しそうにジローの三角形の耳を撫でてやっていた。ぐう、と喉が剣呑《けんのん》に鳴る。邪魔するなということだろう。諦めた様子で立ち上がったリチャードは、俺と共にダイニングに戻った。お茶の準備はリチャードに任せようと思って、準備だけして放置していた。どうせリチャードのほうがうまい。お茶請けにジャグリを出す。俺がいない間も冷蔵庫の中で眠っていた、茶色い黒糖キャラメルのようなものだ。スリランカの孔雀椰子《くじゃくやし》からとれる蜜をかためたもので、ほとんど砂糖の塊《かたまり》だ。手でつまむとほろほろと崩れてしまう。

ロイヤルミルクティーと、黒糖の味で一服。

穏やかな時間が流れたあと、リチャードは宝石商の顔になった。俺も居住まいを正す。

「よろしいですか」

「どんとこい」

では、とリチャードは最後の前置きをする。

「オクタヴィア・マナーランドは、私の知る限り、誰よりも激しく『正義の味方』を憎んでいる少女です」

そうして俺の大事な上司は、かつて彼が家庭教師をつとめていた家の少女の、数奇な物語を聞かせてくれた。

参考文献

『サンゴ　知られざる世界』山城秀之　成山堂書店（２０１６）
『サンゴとサンゴ礁のはなし』本川達雄　中央公論新社（２００８）
『香港　中国と向き合う自由都市』倉田 徹・張 彧暋　岩波書店（２０１５）
『転がる香港に苔は生えない』星野博美　文藝春秋（２００６）

集英社オレンジ文庫をお買い上げいただき、ありがとうございます。
ご意見・ご感想をお待ちしております。

● あて先
〒101-8050　東京都千代田区一ツ橋2-5-10
集英社オレンジ文庫編集部 気付
辻村七子先生

宝石商リチャード氏の謎鑑定
邂逅の珊瑚《サーンウー》

集英社
オレンジ文庫

2019年8月26日　第1刷発行

著　者　辻村七子
発行者　北畠輝幸
発行所　株式会社集英社
〒101-8050東京都千代田区一ツ橋2-5-10
電話【編集部】03-3230-6352
【読者係】03-3230-6080
【販売部】03-3230-6393（書店専用）
印刷所　図書印刷株式会社

※定価はカバーに表示してあります

ISBN 978-4-08-680266-6 C0193

集英社オレンジ文庫

辻村七子
宝石商リチャード氏の謎鑑定
（シリーズ）

①宝石商リチャード氏の謎鑑定
美貌の宝石商リチャードの店でバイトする大学生の正義。今日も訳ありのお客様が来店する…。

②エメラルドは踊る
怪現象が起きるというネックレス。鑑定に乗り出したリチャードの瞳が導きだす真相とは…？

③天使のアクアマリン
あるオークション会場で出会った昔のリチャードを知る男。謎多き店主の過去が明かされる。

④導きのラピスラズリ
店を閉め姿を消したリチャード。彼の師匠から情報を得た正義は行方を追って英国へ飛んだ…！

⑤祝福のペリドット
就職活動に迷走中の正義。ある時、偶然の出来事でリチャードに縁ある人物と知り合う事に!!

⑥転生のタンザナイト
正義の前に絶縁状態の父親が現れた。店に迷惑をかけないようバイトを辞めようとするが…？

⑦紅宝石《ルビー》の女王と裏切りの海
謎多き豪華客船クルーズは陰湿な罠!?　何度も苦難を乗り越えてきたふたりの絆が試される！

⑧夏の庭と黄金《ドール》の愛
ヴァカンスはリチャードの母が所有する南仏の別荘へ！　だが唐突に宝探しがはじまって…？

好評発売中
【電子書籍版も配信中　詳しくはこちら→http://ebooks.shueisha.co.jp/orange/】

集英社オレンジ文庫

辻村七子

マグナ・キヴィタス
人形博士と機械少年

人工海洋都市『キヴィタス』の最上階。
アンドロイド管理局に配属された
天才博士は、美しき野良アンドロイドと
運命的な出会いを果たす…。

好評発売中

【電子書籍版も配信中　詳しくはこちら→http://ebooks.shueisha.co.jp/orange/】